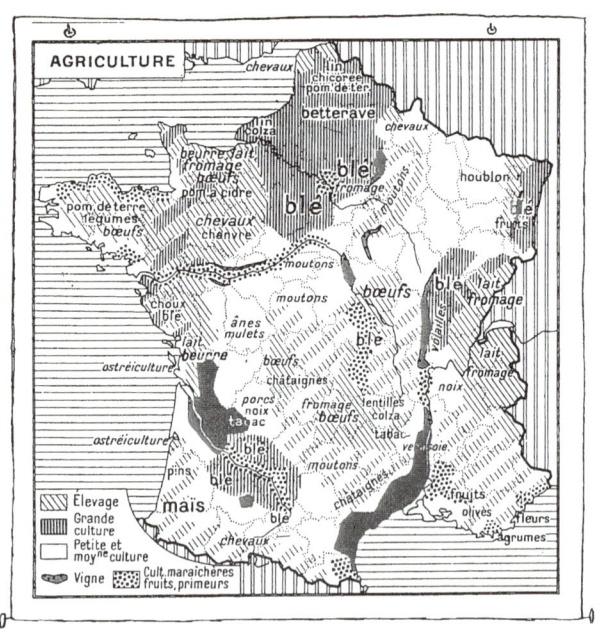

AGRICULTURE

chevaux · chicorée · pom. de ter. · betterave · chevaux · blé · houblon · beurre lait · fromage · bœufs · fromage · blé · blé · pom. de terre · pom. à cidre · fruits · légumes · bœufs · chevaux · chanvre · moutons · moutons · bœufs · blé lait · fromage · choux · blé · ânes · mulets · blé · lait · beurre · bœufs · lait · fromage · ostréiculture · châtaignes · noix · porcs · noix · fromage · lentilles · ostréiculture · tabac · bœufs · colza · vers à soie · pins · moutons · blé · blé · châtaignes · fruits · maïs · blé · olives · chevaux · fleurs · agrumes

Élevage
Grande culture
Petite et moy.ne culture
Vigne
Cult. maraîchères fruits, primeurs

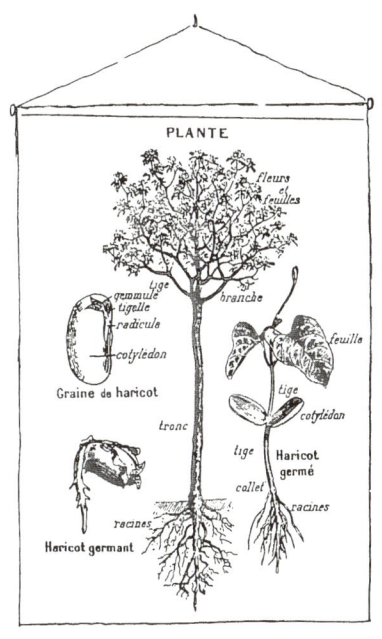

PLANTE

꼬마 니콜라의
골칫거리

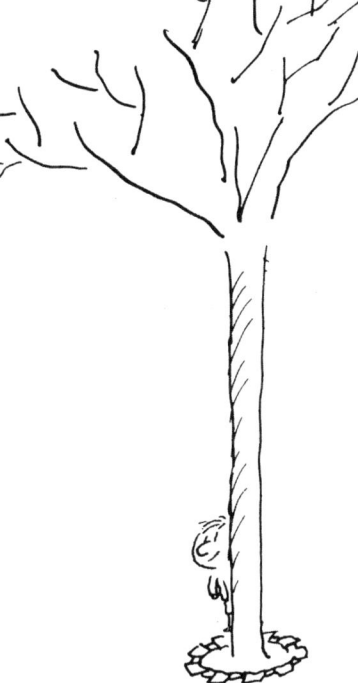

장 자크 상페 그림   르네 고시니 글

꼬마 니콜라의
골칫거리

문학동네

차 례

조아생의 골칫거리

어제 학교에 결석한 조아생이 오늘 아침에는 지각까지 했다. 뒤늦게 교실로 들어온 조아생은 아주 난처한 표정이었다.

우리는 깜짝 놀랐다. 조아생이 지각한 거나 난처한 표정을 짓고 있는 것 때문에 놀란 건 아니었다. 조아생은 자주 지각을 하고, 평소에도 학교에 오기만 하면 괴로운 얼굴을 하니까 말이다. 문법 시험이 있는 날은 특히 더 심하다.

우리가 놀란 건 선생님이 조아생을 보고 활짝 웃으며 이렇게 말했기 때문이다.

"아! 축하해요, 조아생! 조아생도 정말 기쁘죠?"

우리는 더욱더 놀랐다. 선생님이 조아생에게 다정하게 대해주는 건 처음이 아니지만(우리 선생님은 아주 멋진 분이어서 누구에게나 친절하다), 조아생에게 축하한다는 말을 한 적은 한 번도, 단 한 번도 없었기 때문이다.

하지만 조아생은 하나도 기쁘지 않은 것 같았다. 골치 아픈 일이라도 생긴 듯한 표정으로 맥상 옆에 가서 앉았을 뿐이다. 반 아이들은 조아생을 쳐다보려고 모두 고개를 뒤로 돌렸다. 선생님이 들고 있던 자로 교탁을 탁탁 치며, 한눈 팔지 말고 필기나 열심히 하라고 했다.

뒤에 앉아 있던 조프루아가 내 귀에 대고 살짝 말했다.

"조아생한테 남동생이 생겼대. 앞으로 전달!"

쉬는 시간이 되자 모두들 조아생 주위로 몰려들었다. 조아생은 두 손을 주머니에 찔러넣은 채, 벽에 삐딱하게 기대어 서 있었다. 우리는 조아생에게 정말 동생이 생겼냐고 물었다.

"그렇다니까. 어제 아침에 아빠가 깨워서 일어나니까, 면도도 안 한 얼굴로 날 보고 막 웃다가 껴안다가 하는 거 있지. 간밤에 동생이 생겼다는 거야, 글쎄. 아빠가 빨리 옷 입고 가보자고 해서 병원에 갔거든. 병원에 가니까 엄마가 침대에 누워 있었어. 엄마도 아빠처럼 되게 좋아하는 것 같았어. 자세히 보니까 엄마 옆에 쪼끄만 아기가 누워 있더라구."

조아생이 대답했다.

"넌 별로 안 좋아하는 것 같은데?"

내가 물었다.

"내가 좋을 게 뭐가 있겠냐? 그리고 그 녀석 되게 못생겼단 말이야. 쪼끄만데다가 새빨갛다구. 또 맨날 시끄럽게 울기만 하고…… 그런데도 다들 그앨 보고 좋아하는 거야, 나 참. 나는 조금만 소리내도 조용히 하라고 야단치면서 말이야. 그러다가 내가 울기라도 하면 우리 아빠는, 바보 같은 놈이라면서 귀청 떨어지니까 뚝 그치라고 버럭 소리를 지른다니까."

조아생이 말했다.

"그래, 나도 알아. 나도 동생이 있거든. 골치 아픈 일만 만들어내는 사고뭉치야. 그런데도 엄마 아빠는 그 녀석만 예뻐하고 뭐든지 맘대로 하게 내버려둔다구. 너무 얄미워서 내가 한 대 때려주려고 하면, 금방 울고불고 난리를 쳐서 텔레비전도 못 보게 만들고 말야!"

뤼퓌스가 말했다.

"우리집은 그 반대야. 형이 귀염둥이거든. 우리 형이 맨날 나를 때려도 엄마 아빠는 아무 말도 안 해. 늦게까지 텔레비전을 봐도 괜찮다고 하고, 담배 피워도 내버려둔다니까!"

외드도 끼어들었다.

비슷한 경험이 있다는 친구들 이야기를 듣고 나자 조아생은 마음놓고 불평을 터뜨렸다.

"동생이 생긴 다음부터는 맨날 나만 갖고 야단이다. 병원에 처음 갔을 때 엄마가 아기한테 뽀뽀를 해주라고 그러더라구. 별로 하고 싶진 않았지만, 그래도 시키는 대로 했어. 그런데 옆에 있던 아빠가 조심하라고 소리를 지르는 거야. 그러다 아기를 떨어뜨리겠다면서 말야. 나같이 조심성 없는 애는 처음 봤다나."

"그런데 그런 작은 아기는 도대체 뭘 먹지?"

알세스트가 물었다.

"나중에 아빠랑 다시 집으로 돌아왔을 때, 집에 엄마가 없으니까 되게 슬프더라. 아빠가 점심을 만들어줄 땐 더 그랬어. 깡통따개가 없다고 막 화를 내더니, 정어리하고 완두콩만 잔뜩 주잖아. 그리고 오늘 아침엔 우유를 엎질러서 울었더니, 아빠까지 덩달아 큰 소리를 치고 난리가 났어."

조아생이 계속 말했다.

그 말을 듣고 뤼퓌스가 말했다.

"앞으론 더할걸? 아기가 집에 오면 처음엔 엄마 아빠 방에 재우겠지만, 그 다음엔 네 방을 같이 쓰게 할 테니까. 그러다 애가 울기라도 해봐라. 틀림없이 네가 못살게 굴어서 그런다고 생각할 거라구."

"우리 형도 내 방에서 같이 자는데 별로 나를 귀찮게 하진 않아. 옛날에 내가 아주 어렸을 땐 우리 형도 그랬어. 아주 못되게 굴었지. 막 겁을 주고, 내가 무서워하면 깔깔 웃으며 재미있어했다구."

외드가 말했다.

"그건 절대 안 돼!"

갑자기 조아생이 소리쳤다.

"엄마 아빠가 무슨 소릴 해도 소용없어. 다른 건 몰라도 내 방에 재우는 건 절대 못 참아! 내 방이니까 나 혼자 써야 한다구. 자고 싶으면 딴 방에서 자면 되잖아!"

"그래봤자 소용없어! 너네 엄마 아빠가 동생을 네 방에 재우겠다고 하면 그렇게 되는 거야. 어쩔 수 없어. 틀림없이 그렇게 된다구."

맥상이 말했다.

"아냐! 그럴 리 없어! 재우고 싶은 데다 맘대로 재우라지. 하지만 내 방은 절대 안 돼! 문을 꼭꼭 잠가버릴 거라구. 진짜야!"

조아생이 소리쳤다.

"그런데 말야, 정어리하고 완두콩하고 같이 먹으니까 어땠어? 맛있었어?"

알세스트가 물었다.

조아생은 알세스트 말은 들은 척도 하지 않고 계속 말했다.

"오후에 아빠랑 또 병원에 갔었거든. 가보니까 옥타브 삼촌하고 에디트 고모가 와 있더라. 리디 이모도 있었어. 다들 내 동생이 누구랑 닮은 것 같으냐면서 야단법석을 떨더라. 아빠도 닮고, 엄마도 닮고, 옥타브 삼촌도 닮고, 에디트 고모도 닮고, 리디 이모도 닮고, 나도 닮았다는 거

야. 그러더니 나한테 동생이 생겨서 좋겠다면서, 앞으로는
정말 착하게 굴어야 한다, 엄마도 도와줘야 한다, 학교에
서 공부도 잘해야 한다, 그런 말만 하는 거 있지? 아빠
까지 나서서, 내가 지금까지는 열등생이었지만 앞으로
동생한테 본을 보이려면 열심히 노력해야 한다고 했어.
하여튼 그런 말만 잔뜩 하고는, 나한테는 아무도 신경 안 쓰더
라구. 엄마만 나를 꼭 안아주면서 동생이나 나나 똑같이 사랑
한다고 했어."

　"얘들아, 그런 얘기는 그만 하고 쉬는 시간 끝나기 전에 축구
나 한판 하는 게 어때?"

　조프루아가 말했다.

　"참! 그리고 앞으로는 네가 놀러 나가려고 하면 어른들이 집에 남아서 동생이나 보
라고 할 거야."

　조프루아의 말을 듣고 문득 생각난 듯 뤼퓌스가 말했다.

　"뭐라구? 말도 안 돼! 그 녀석은 혼자 놔둬도 된다구! 그 녀석이 뭔데 내가 간섭을 받
아야 해? 난 축구 하고 싶으면 아무 때나 내 맘대로 할 거라구!"

　조아생이 흥분해서 소리쳤다.

　"그러면 아마 난리가 날걸? 다들 네가 샘나서 그런다고 할 거야."

　뤼퓌스가 말했다.

"뭐라구? 정말 기가 막혀서!"

조아생이 빽! 소리를 질렀다.

그리고는 자기는 샘내는 게 뭔지도 모르니까 그런 건 말도 안 되는 소리며, 자기가 동생을 돌봐주는 건 꿈도 꾸지 않는 게 좋을 거라고 했다. 그리고 이런 말도 했다.

"딱 한 가지만 더 말해두겠는데 말야, 난 누가 내 방에서 자겠다고 귀찮게 굴거나, 친구들하고 놀려고 나가는데 방해받는 거 정말 싫어해. 귀염둥이들도 싫어. 그러니까 날 못살게 굴면 난 집을 나가버리고 말 거야. 그러면 남은 사람들이 레옹스를 돌봐야 겠지. 그렇게 되면 엄청 골치 아플 거라구. 내가 떠나버리면, 모두들 날 그리워하게 될 거야. 내가 군함 선장이 돼서 돈을 아주 많이 번다는 걸 알게 되면 더 아쉬워하겠지. 난 집이고 학교고 다 질려버렸어. 뭐, 하여튼 다 필요 없어. 이 몸은 집을 나간다는 생각만 해도 엄청 신이 난다구."

"그런데 레옹스가 누구야?"

느닷없이 클로테르가 물었다.

"아이 참, 내 동생이라니까."

조아생이 대답했다.

"이름 정말 웃긴다, 그치?"

클로테르가 말했다.

그러자 조아생은 갑자기 클로테르에게 달려들더니, 철썩! 하고 따귀를 때렸다. 자기는 누가 자기 가족을 모욕하는 건 절대 못 참는다면서 말이다.

편지 쓰기

나는 요즘 아빠가 정말 걱정된다. 기억력이 엉망이 된 것 같기 때문이다. 얼마 전 저녁 무렵에 집배원 아저씨가 내 앞으로 된 커다란 소포를 가지고 왔다. 난 엄청 기분이 좋았다. 집배원 아저씨가 나한테 갖다 주는 소포는 언제나 메메(할머니를 일컫는 유아어—옮긴이)의 선물이니까 말이다. 메메는 우리 엄마의 엄마다. 메메의 선물을 받고 내가 기뻐 날뛰면, 아빠는, 메메는 왜 그렇게 아이 버릇 망쳐놓을 생각만 해내시는지 모르겠다고 한마디 한다. 그러면 아빠하고 엄마 사이에 대판 싸움이 난다. 하지만 이번엔 싸움이 안 났다. 오히려 아빠는 엄청 기분 좋아했다. 그 소포는 메메가 보내준 게 아니라, 아빠 회사 사장님인 무슈붐 아저씨가 보내준 거였기 때문이다. 안에는 주사위 놀이 세트가 들어 있었다. 하지만 난 똑같은 주사위 놀이 세트를 이미 하나 갖고 있었다. 상자 속에는 무슈붐 아저씨가 나한테 보낸 편지도 들어 있었다. 편지에는 이렇게 적혀 있었다.

열심히 일하는 아빠를 둔 귀여운 니콜라에게
로제 무슈붐

"하! 이것도 애 버릇 망쳐놓을 생각이겠군요!"
옆에서 보고 있던 엄마가 말했다.
"무슨 소리야. 내가 사장님을 개인적으로 도와준 적이 있어서 선물을 보내신 거야. 지난번 출장가실 때, 내가 역에 가서 기다리다가 자리를 잡아드렸거든. 그렇다고 이렇게 선물까지 보내다니, 정말 멋진 생각 아냐?"
아빠가 말했다.
"월급이나 올려줬으면 더 멋졌을 텐데요."
엄마가 응수했다.
"말 한번 잘하는군! 그게 애 앞에서 할 소린가? 도대체 뭘 바라고 그런 말을 하는 거지? 선물을 도로 돌려보내고, 대신 아빠 월급이나 올려달라고 니콜라한테 시키기라도 하란 말이야?"

18

아빠가 소리쳤다.

"아, 그건 안 돼요!"

선물을 도로 돌려준다는 말에 내가 크게 소리를 질렀다. 똑같은 주사위 놀이 세트가 이미 하나 있긴 하지만, 하나 더 생겨도 상관없다. 학교 친구들하고 다른 좋은 물건으로 바꾸면 되니까 말이다.

"나 참, 기가 막혀서! 당신 좋을 대로 해보세요. 당신 아들이 버릇없는 애가 되어도 좋다면 난 더이상 할말 없다구요."

엄마가 대답했다.

아빠는 입을 꽉 다물고 천장을 바라보며 고개를 가로 저었다. 그리고 나서 나한테, 무슈봄 씨에게 전화라도 걸어 고맙다는 인사를 해야 하지 않겠느냐고 했다.

"아니죠. 이런 경우엔 답장을 보내는 게 예의예요."

엄마가 말했다.

"맞아. 편지가 훨씬 낫지."

아빠도 맞장구를 쳤다.

"난 전화가 더 좋은데요."

내가 말했다.

사실 편지 쓰는 건 골치 아프지만 전화 거는 건 재미있으니까 말이다. 하지만 엄마 아빠는 내가 전화를 쓰게 해주지 않는다. 메메가 전화해서 날 바꿔달라고 할 때만 예외다. 메메는 내가 뽀뽀해주는 걸 무지 좋아한다. 전화할 때도 맨날 뽀뽀해달라고 한다.

"니콜라, 네 의견을 물어본 게 아냐. 넌 아빠가 시키는 대로 편지만 쓰면 돼!"

아빠가 말했다.

이럴 수가! 정말 불공평한 일이었다. 나는 아빠한테 편지 같은 건 쓰기 싫으며, 전화로 이야기하게 안 해주면 저까짓 주사위 놀이 세트는 내다 버릴 거라고, 똑같은 게 하나 더 있으니까 상관없다고, 그것도 아주 좋은 거라고 말했다. 그리고 아빠가 나한테 이런 식으로 할 거라면 차라리 무슈붐 아저씨가 아빠 월급이나 올려주는 게 더 낫겠다고, 진짜라고, 농담이 아니라고 덧붙였다.

"너 매 맞고 싶어? 저녁도 안 먹고 그냥 자고 싶으냐구!"

아빠가 소리쳤다.

나는 울기 시작했다. 그러자 아빠는 도대체 아빠가 어떻게 했다고 이 야단이냐며 화를 냈고, 엄마는 아빠랑 나 둘 다 조용히 하지 않으면 저녁이고 뭐고 다 그만두고 먼저 자버리겠다고 했다.

"니콜라, 엄마 말 잘 들어봐. 말썽피우지 않고 얌전하게 편지 쓰면 디저트 두 접시 줄게."

엄마가 말했다.

나는 얼른 그렇게 하겠다고 대답했다. (디저트는 살구파이였다!) 엄마는 이젠 저녁 준비를 해야겠다며 부엌으로 갔다.

"자, 그럼 아빠하고 같이 편지를 써보자."

20

아빠가 말했다.

아빠는 책상 서랍에서 종이 한 장과 연필을 꺼내 들고는 한동안 나를 쳐다보며 연필 끝을 잘근잘근 씹었다. 이윽고 아빠가 물었다.

"어디 보자, 그 노인네, 아니 무슈붐 아저씨한테 무슨 말을 하고 싶니?"

"글쎄요, 잘 모르겠어요. 이렇게 쓰면 어떨까요. 주사위 놀이 세트를 보내주셔서 정말 기뻤어요. 똑같은 게 하나 있긴 하지만, 학교 친구들한테 말해서 다른 물건과 교환할 수 있을 거예요. 예를 들면 클로테르는 파란색 자전거를 가지고 있는데 아주 근사하거든요. 또……"

내가 대답했다.

"됐다. 아빠가 불러줄 테니 부르는 대로 써라…… 시작은 어떻게 해야 할까? '아저씨께'…… 아냐, '무슈붐 아저씨께'…… 아니, 이것도 안 되겠다. 너무 허물없이 구는 것 같으니까. '친애하는 아저씨'…… 음, 이것도 아니야."

아빠가 말했다.

"그냥 '무슈붐 씨께'라고 쓰면 되지 않아요?"

내가 물었다.

아빠는 나를 힐끔 바라보더니 자리에서 일어나며 부엌을 향해 소리쳤다.

"여보! '아저씨께', '무슈붐 아저씨께', 그리고 '친애하는 아저씨께' 중에서 어느 게 제일 낫겠어?"

"뭐라고 했어요?"

엄마가 부엌에서 나와 앞치마에 손을 닦으며 물었다.

아빠가 다시 설명했다. 엄마는 '무슈붐 아저씨께'가 좋다고 했다. 하지만 아빠는 그건 너무 허물없이 군다는 느낌을 주지 않느냐며, 그냥 '아저씨께'가 낫지 않을까, 하고 혼잣말을 했다. 엄마는 그렇지 않다고, 그냥 '아저씨께'는 어린애 편지로는 너무 딱딱하다고 했다. 하지만 아빠는 어린애에게 어울리지 않는 건 오히려 '무슈붐 아저씨께'라고, 그 말을 쓰면 존경하는 마음이 잘 나타나지 않는다고 했다.

"그렇게 잘 알면서 왜 물어봐요? 안 그래도 저녁 준비하느라 바빠 죽겠는데."

엄마가 아빠에게 말했다.

"아, 그래? 공연히 귀찮게 해서 미안하군. 하긴, 당신은 별로 관심이 없겠지. 이 문제는 내 승진에 관한 거니까 말이야!"

아빠가 말했다.

"뭐라구요? 아니, 그럼 니콜라 편지가 당신 승진을 좌우한다는 말이에요? 우리 엄마

22

가 선물 보냈을 땐 이렇게 난리법석을 떨지 않았잖아요!"

엄마가 아빠에게 되물었다.

그 다음은 끔찍했다! 아빠가 큰 목소리로 고함을 치기 시작했고, 엄마도 소리를 질렀다. 마침내 엄마는 부엌으로 들어가 문을 쾅! 닫아버렸다.

아빠가 나를 돌아보며 말했다.

"자, 연필 들고 내가 부르는 대로 써봐."

내가 책상에 앉자 아빠가 불러주기 시작했다.

"'아저씨께', 쉼표, 줄 바꾸고, '감사히' …… 아냐, 아냐. 지워라. 잠깐만, 음…… '고마운 마음으로' …… 그래, 바로 그거야…… '보내주신 선물은 고마운 마음으로 받았습니다' …… 아냐, '굉장한 선물'이라고 써라. 아니, 너무 과장해도 안 되겠지. 그냥 '선물'이라고 써라. '뜻밖에도 이렇게 훌륭한 선물을 받으니' …… 아냐, '너무나

훌륭한 선물을 받아' 라고 쓰면 되겠다. '너무나 훌륭한 선물을 받아 한없이 고마웠습니다' …… 아! 아냐, 고맙다는 말은 벌써 썼지. 그건 지워버리고…… 그 다음엔 '안녕히 계세요' 라고 써. 아니, '존경하는 마음을 담아 인사드립니다' 라고 할까?…… 잠깐만 기다려봐."

여기까지 말한 후, 아빠는 부엌으로 들어갔다. 커다란 고함 소리가 몇 번 들렸고, 아빠는 시뻘게진 얼굴로 다시 나왔다.

"좋아. 그냥 '존경하는 마음을 담아' 라고 써라. 밑에 서명하고…… 됐다."

아빠는 내 편지를 들고 처음부터 죽 읽어보았다. 그러더니 두 눈을 동그랗게 떴다. 그리고 다시 한번 편지를 보더니 어휴! 하고 크게 한숨을 내쉰 다음 새로 써야겠다며 다른 종이를 꺼냈다.

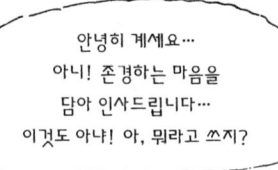

"니콜라! 너, 새 편지지 갖고 있지? 거 왜, 윗부분에 작은 새들이 그려져 있는 편지지 있잖아. 생일날 도로테 아줌마가 사준 거 말야."

아빠가 물었다.

"그건 토끼 그림인데요."

내가 대답했다.

"그래, 그거. 가서 그것 좀 찾아와라."

아빠가 말했다.

"어디 있는지 잘 모르겠는데요."

내가 말했다.

아빠는 나를 데리고 내 방으로 올라가 편지지를 찾았다. 장롱 문을 열자 안에 있던 것들이 전부 쏟아져내렸다. 엄마가 뛰어올라와 대체 무슨 일이냐고 소리를 질렀다.

"니콜라 편지지를 찾고 있어. 도대체 집구석이 이게 뭐야! 완전히 뒤죽박죽이잖아!"

아빠도 큰 소리로 말했다.

엄마가 그 편지지는 거실 탁자 서랍에 들어 있으니까, 더이상 신경 쓰게 하지 말라며, 저녁 식사 준비가 다 되었다고 했다.

나는 결국 아빠가 써준 편지를 베껴 쓰게 되었다. 글자를 자꾸 틀리고, 잉크 방울을

흘리기도 해서 몇 번이나 다시 써야 했다. 엄마가 와서 우리를 보더니, 저녁이 다 식어 버린다고 소리를 질렀다. 편지를 다 쓰고 나서도 봉투를 세 번이나 써야 했다. 그런 다음에야 아빠는 이제 저녁 먹어도 되겠다고 했다.

난 아빠에게 우표를 달라고 했다. 그러자 아빠는 "아, 그렇지!" 하며 우표를 한 장 주었다. 그날 저녁 나는 디저트를 두 번 먹었다. 하지만 엄마는 저녁 먹는 동안 한 마디도 하지 않았다.

내가 아빠의 기억력을 걱정하게 된 건 바로 다음날 저녁이었다. 전화가 와서 아빠가 받았는데, 이렇게 말을 했기 때문이다.

"여보세요? 예? 아, 무슈붐 사장님! 안녕하세요? 그런데 어쩐 일로 이렇게…… 예, 예…… 뭐라구요?"

아빠는 전혀 뜻밖이라는 표정으로 말했다.

"편지라구요? 아! 그래서 어제 저녁에 니콜라가 저한테 우표를 달라고 한 거군요! 원 저런, 저흰 감쪽같이 몰랐네요!"

돈의 가치

역사 시험에서 4등을 했다. 샤를마뉴 대제에 관한 문제가 나왔었는데, 샤를마뉴 대제 이야기와 절대 부러지지 않는 칼을 가진 롤랑에 관한 이야기는 내가 아주 잘 알고 있는 거였기 때문이다.

엄마 아빠는 내가 4등 했다는 걸 알고 무지 기뻐했다. 아빠가 지갑을 꺼내더니 내게 뭔가를 주었다. 그게 무엇이었을까? 자그마치 10프랑짜리 지폐였다!

"자, 받아라. 사고 싶은 게 있으면 이걸로 사도록 해."

아빠가 말했다.

"하지만 여보…… 아직 어린 애한테 너무 큰돈을 주는 거 아니에요?"

엄마가 걱정스러운 듯이 물었다.

"아니야. 이젠 니콜라도 돈의 가치에 대해 배울 때가 됐지. 난 니콜라가 철없이 이 10프랑짜리 지폐를 함부로 낭비하는 일은 없을 거라고 확신해. 그렇지, 니콜라?"

아빠가 내게 물었다.

나는 얼른 그렇다고 대답하고 엄마 아빠한테 뽀뽀를 했다. 받은 돈을 호주머니에 넣으며, 우리 엄마 아빠가 정말 멋진 분이라는 걸 새삼 깨달았다.

저녁을 먹는 동안 나는 한 손만 써야 했다. 다른 손으로는 호주머니 속의 돈이 잘 있는지 계속 확인해야 했기 때문이다.

이렇게 큰돈을 가져본 일은 한 번도 없었다. 물론 엄마가 길모퉁이에 있는 콩파니 아저씨네 식료품 가게에 심부름을 보내면서 큰돈을 준 적은 많이 있었다. 하지만 그건 내 돈이 아니었고, 거스름돈을 정확하게 받아와야 했으니까 이것과는 다른 문제다.

잠자리에 들면서 나는 10프랑을 베개 밑에 감춰두었다. 잠이 잘 안 왔다. 한참 있다가 잠이 들었는데, 이상한 꿈을 잔뜩 꿨다. 10프랑짜리 지폐 위에 그려져 있는, 옆얼굴을 한 아저씨가 자꾸 험악하게 인상을 찌푸렸다. 그 다음엔 그 아저씨 뒤에 있던 커다란 집이 콩파니 아저씨네 식료품 가게로 변했다.

다음날 아침 학교에 도착한 나는, 교실에 들어가기 전에 운동장에 모여 있던 친구들에게 내 10프랑짜리 지폐를 보여주었다.

"우와, 굉장한데! 그걸로 뭐 할 건데?"

클로테르가 물었다.

"아직 모르겠어. 아빠가 이걸 주면서 돈의 가치를 배울 수 있도록 쓰라고 했어. 그러니까 함부로 쓰면 안 돼. 하지만 난 이걸로 비행기를 사고 싶어. 진짜 비행기 말야."

내가 대답했다.

"그 돈으로는 비행기 못 사. 진짜 비행기는 아무리 싼 거라도 천 프랑은 줘야 해."

조아생이 말했다.

"천 프랑이라고? 웃기지 마! 우리 아빠가 그러는데, 적어도 삼만 프랑은 한대. 아주 작은 것도 말야."

조프루아가 말했다.

그 말을 듣고 아이들이 전부 웃음을 터뜨렸다. 조프루아는 맨날 말도 안 되는 소리만 한다. 거짓말쟁이는 정말 어쩔 수가 없다.

"아틀라스 지리부도를 사면 어때? 근사한 지도하고 유익한 사진들이 많이 있어서 공부하는 데 굉장히 도움이 된다구."

반에서 일등이고 선생님의 귀염둥이인 아냥이 말했다.

"이 돈을 책 사는 데 쓰라구? 말도 안 돼. 책은 생일 때나 아플 때 우리 고모가 사 주는 거야. 지난번 볼거리 앓을 때 받은 책도 아직 다 못 읽었단 말이야."

내가 말했다.

아냥은 말없이 나를 바라보더니, 한쪽 구석으로 가서 어제 문법 시간에 배운 걸 복습하기 시작했다. 아냥은 정말 바보다!

"다같이 놀게 축구공 샀으면 좋겠다."

뤼퓌스가 말했다.

"농담 마. 이 돈은 내 거야. 내 돈으로 딴 애들이 쓸 물건을 살 것 같아? 축구공 사고 싶으면 너도 나처럼 역사 시험에서 4등 하면 되잖아."

내가 말했다.

"쩨쩨한 놈. 네가 역사 시험에서 4등 한 건, 아냥처럼 선생님한테 아양을 떨어서 그런 거야."

뤼퓌스가 말했다.

하지만 난 그 말을 듣고도 뤼퓌스의 따귀를 때려주지 못했다. 수업 시작 종이 울렸기 때문이다. 우리는 교실로 들어가기 위해 나란히 줄을 서야 했다. 항상 이렇다. 좀 재미있어지려고 하면 수업 시작 종이 울린다. 줄 서서 기다리고 있는데, 알세스트가 헐레벌떡 뛰어왔다.

"넌 지각이야."

학생주임 부이옹 선생님이 알세스트에게 말했다.

"제 잘못이 아니에요. 아침 먹을 때 크루아상(초승달 모양의 작은 빵―옮긴이)이 보

통 때보다 하나 더 있어서 그런 거라구요."

알세스트가 항의했다.

부이옹 선생님은 한숨을 푹 내쉬더니 알세스트에게 턱에 묻은 버터나 닦고 빨리 줄 서라고 했다.

교실에 들어가서 나는 옆자리에 앉은 알세스트에게 말했다.

"야, 내가 뭘 갖고 있는지 알아?"

그리고 나서 나는 알세스트에게 내 지폐를 보여주었다.

바로 그때, 담임 선생님이 소리쳤다.

"니콜라! 그 종이 조각은 뭐지? 당장 이리 갖고 나와! 압수야."

나는 울면서 지폐를 들고 선생님 앞으로 갔다. 선생님은 눈이 휘둥그레져서 물었다.

"아니, 이건…… 도대체 이걸로 뭘 할 생각이지?"

"아직 모르겠어요. 샤를마뉴 대제 때문에 아빠가 준 거예요."

내 설명을 듣고 난 선생님은 웃지 않으려고 애를 썼다. 선생님은 가끔씩 그럴 때가 있다. 그럴 때 선생님 얼굴은 참 예쁘다.

선생님은 결국 지폐를 돌려주었다. 돈 갖고 장난치는 게 아니니까 호주머니에 잘 넣어두라고 했다. 그 돈을 아무렇게나 쓰지 말라는 말도 했다.

내가 자리로 돌아와 앉은 후 선생님은 지난 시간에 이어 계속 질문을 하기 위해 클로테르를 앞으로 불러냈다. 클로테르가 받은 점수로는 아빠한테 돈을 받을 수 있을 것 같지 않았다.

쉬는 시간이 되었다. 모두들 놀러 나가려고 서두르고 있는데, 알세스트가 나한테 와서 팔을 끌어당기며 그 돈으로 무얼 할 거냐고 물었다. 난 잘 모르겠다고 대답했다. 알세스트는 10프랑이면 초콜릿을 엄청 많이 살 수 있다고 했다.

"오십 개도 살 수 있을 거야! 오십 개! 알아듣겠냐? 그러면 너하고 나하고 각각 스물다섯 개씩이라구!"

알세스트가 말했다.

"내가 왜 너한테 초콜릿 스물다섯 개를 줘야 하는 건데? 이 돈은 내 거라구, 내 거!"

내가 대답했다.

"거보라구. 쩨쩨한 녀석이라니까!"

뤼퓌스가 알세스트에게 말했다.

그리고는 나만 빼고 자기들끼리 놀러 가버렸다.

맘대로 하라지 뭐. 난 상관 없으니까. 난 진짜 아무렇지도 않았다. 내 돈 갖고 다들 왜 그렇게 성가시게 구는지 모르겠다.

하지만 다시 생각해보니 알세스트 말이 꽤 그럴 듯했다. 나는 초콜릿을 좋아하고, 오십 개나 되는 초콜릿을 한꺼번에 가져본 적은 한 번도 없으니까 말이다. 내가 원하는 거라면 뭐든지 사주는 메메 집에 놀러

갔을 때에도 그래본 적은 없다. 나는 학교가 끝나자마자 가게로 달려갔다.

가게 아줌마가 뭘 사러 왔냐고 물었다. 나는 지폐를 내밀며 이렇게 말했다.

"이 돈만큼 초콜릿을 주세요. 알세스트가 오십 개는 살 수 있을 거랬어요."

아줌마는 지폐와 내 얼굴을 번갈아가며 쳐다보더니, "얘, 너 이 돈 어디서 주웠니?" 하고 물었다.

"주운 게 아니에요. 받은 거라구요."

내가 대답했다.

"뭐라구? 초콜릿 오십 개를 사먹으라고 이 돈을 주었단 말이냐?"

아줌마가 되물었다.

"네."

내가 대답했다.

"이 녀석, 거짓말하면 못써. 썩 제자리에 갖다 놓지 못해?"

아줌마가 무섭게 눈을 부릅뜨며 말했다. 나는 가게에서 나와 울면서 집으로 갔다.

너무나 억울해서 엄마에게 다 이야기했다. 엄마는 날 꼭 껴안아주면서 아빠와 다시 의논해보겠다고 했다. 엄마는 내 돈을 들고 거실로 나가 아빠와 이야기를 했다. 잠시 후 엄마는 20상팀짜리 동전을 가

34

지고 와서 내게 주었다.

"자, 이걸로 초콜릿 하나 사 먹으렴."

나는 기분이 좋아졌다. 초콜릿을 사면 반을 잘라 알세스트한테도 줘야겠다. 알세스트는 내 친구고, 친구끼리는 뭐든지 나누어 가져야 하는 거니까.

아빠와 장보기

저녁을 먹고 난 후, 엄마 아빠가 이번 달 생활비를 계산하기 시작했다.

"내가 준 돈은 도대체 다 어디로 간 거지?"

아빠가 엄마에게 물었다.

"뭐라구요? 그런 말 들으니 기분 참 좋군요!"

엄마가 말했다. 하지만 별로 기분이 좋아 보이지는 않았다. 엄마는 아빠에게, 우리 식구 식비로 돈이 얼마나 많이 드는지 당신이 잘 몰라서 그런 소릴 하는 거다, 한 번 만이라도 직접 장을 보면 알게 될 거다, 이런 일 가지고 어린애 앞에서 이러쿵저러쿵

하기는 싫다고 말했다.

아빠는 농담 말라며, 자기가 직접 장을 보면 돈을 덜 들이면서도 지금보다 훨씬 잘 먹을 수 있을 거라고 했다. 그러더니 갑자기 나를 보며 어린애는 빨리 가서 자야 되는 거 아니냐고 야단을 쳤다.

"좋아요. 그렇게 자신 있으면 당신이 직접 장을 보세요."

엄마가 말했다.

"안 그래도 그럴 생각이야. 마침 내일이 일요일이니까, 내 당장 장을 봐오지. 장사꾼들한테 속지 않으려면 어떻게 해야 하는지 잘 보라구!"

아빠가 말했다.

"우와! 나도 같이 갈래요!"

내가 신이 나서 말했다. 하지만 엄마 아빠는 얼른 가서 잠이나 자라고 했다.

다음날 아침, 나는 아빠를 따라가겠다고 졸랐다. 아빠는, 그럼 오늘은 남자들이 장 보는 날로 하자며 선선히 허락해줬다. 정말 기분이 좋았다. 난 아빠랑 밖에 나가는 걸 좋아하니까 말이다. 게다가 시장에 간다니까 더더욱 신이 났다. 시장에 가면 사람들이 북적거리고 여기저기서 고함치는 소리가 들리는데다가 맛있는 냄새도 나서 학교 쉬는 시간하고 비슷하다는 생각이 든다. 아빠가 나한테 시장 바구니를 가져오라고 했다. 우리가 문을 나설 때 엄마는 씩 웃으면서 잘 다녀오라고 배웅해주었다.

"당신, 비웃는구만. 하지만 우리는 싼 값에 좋은 물건들을 많이 사올 테니까, 어디 그때도 웃는지 두고 봅시다. 우리 남자들은 장사꾼들 농간에 절대 속아넘어가지 않거든. 그렇지, 니콜라?"

아빠가 말했다.

"그럼요."

내가 대답했다.

엄마는 아빠 말엔 아랑곳없이 계속 웃으며 물을 끓여놓을 테니 바닷가재도 사오라고 했다. 아빠와 나는 자동차를 타러 차고로 갔다.

차 안에서 나는 정말 바닷가재를 살 거냐고 아빠에게 물어보았다.

"그것도 괜찮겠지."

아빠가 대답했다.

시장에 도착한 우리는 주차할 자리를 찾지 못해 애를 먹었다. 장 보러 나온 사람들이 굉장히 많았던 거다. 다행히 아빠가 재빨리 빈 자리를 찾아내 겨우 차를 세울 수 있었다. 우리 아빤 정말 눈이 좋다.

"이제 됐다. 자, 장 보는 일이 얼마나 쉬운지 엄마에게 똑똑히 보여주도록 하자. 돈을 절약하는 법도 가르쳐주고 말야. 알았지, 니콜라?"

아빠가 말했다.

아빠는 야채를 엄청 많이 쌓아놓고 파

는 가게에 가서 이것저것 둘러보더니 토마토가 싼 것 같다고 했다.

"토마토 일 킬로만 주세요."

아빠가 말했다.

가게 아줌마가 우리 장바구니에 토마토 다섯 개를 넣어주었다. 그리고는, "또 뭘 드릴까요?" 하고 물었다.

아빠가 바구니 속을 들여다본 후 말했다.

"이게 뭐죠? 일 킬로에 겨우 다섯 개예요?"

"뭐라구요? 아니, 그럼 이 값에 토마토 한 자루는 살 수 있다고 생각한 거예요? 나 참, 남자들이 시장 보러 오면 항상 이렇다니까."

아줌마가 말했다.

"무슨 말씀을 그렇게 하쇼? 하긴, 남자들이 여자들에 비해 잘 안 속으니까 그렇겠지!"

아빠가 말했다.

"뭐예요? 사내 대장부라면 어디 다시 한번 말해봐요."

아줌마가 소매를 걷어붙이며 말했다. 아줌마 얼굴이 꼭 우리 동네 정육점 주인 팡크라스 아저씨 같았다.

"아, 그만둡시다. 됐다구요."

아빠는 이렇게 말하며 내게 장바구니를 들리고는 급히 야채 가게를 떠났다. 나오면서 보니까, 야채 가게 아줌마는 옆 가게 상인들하고 아빠 흉을 보고 있었다.

조금 걷다 보니, 물고기와 바닷가재들이 잔뜩 쌓여 있는 가게가 보였다. 나는 아빠한테 소리쳤다.

"아빠, 저기 봐요! 바닷가재가 있어요!"

"좋았어. 저기로 가보자."

아빠가 말했다.

아빠는 생선 가게 주인 아저씨한테 가서 바닷가재가 싱싱하냐고 물었다. 아저씨는 특상품이라고 대답하고는, "신선하냐구요? 음, 그런 것 같구려. 아직 살아 있는 걸 보니까" 하면서 큰 소리로 웃었다.

"그렇겠군요. 그럼 저기 저 커다란 놈은 얼맙니까? 지금 막 다리를 움직인 놈 말예요."

아빠가 물었다.

생선 가게 아저씨가 값을 말하자, 아빠는 두 눈이 휘둥그레졌다.

"그럼, 여기 이 제일 작은 건 얼마죠?"

아빠가 또 물었다. 아저씨가 작은 바닷가재의 값을 말해주었다. 아빠는 어떻게 그렇게 값 차이가 심할 수 있느냐고, 이건 정말 말도 안 되는 일이라고 항의했다.

"여보쇼, 당신 도대체 바닷가재를 사겠다는 거요, 새우를 사겠다는 거요? 질이 완전히 다른 거란 말이요. 안사람한테 물어보지도 않았소? 뭐 제대로 알지도 못하면서……."

아저씨가 아빠에게 말했다.

"이리 와, 니콜라. 다른 집으로 가보자."

아빠가 말했다.

하지만 난 아빠를 따라가지 않고 이렇게 말했다.

"아빠, 다른 데 가봤자 소용없을 거예요. 저렇게 꿈틀거리는 거 보니까, 이 집 바닷가재가 좋은 것 같아요. 바닷가재는 정말 맛있잖아요."

하지만 아빠는 들은 척도 안 했다.

"무슨 잔말이 그렇게 많니, 니콜라? 이리 오라면 와. 바닷가재는 안 살 거니까."

"하지만 아빠, 엄마가 물 끓여놓고 기다린댔잖아요? 그러니까 사가야 돼요."

"니콜라! 너 계속 그럴 거면 차에 가서 기다리고 있어!"

아빠가 화를 버럭 내며 소리쳤다.

난 울음을 터뜨렸다. 아빠 정말 너무했다!

"흥! 잘하는 짓이요. 식구들 먹을 것 갖고는 쩨쩨하게 굴면서 죄없는 어린애나 잡고 있군."

생선 가게 아저씨가 말했다.

"남 일에 무슨 참견이오? 도둑놈 주제에 감히 누구더러 쩨쩨하다는 거야, 정말."

아빠가 소리쳤다.

"뭐라구? 나더러 도둑놈이라구? 이봐, 당신 뺨따귀가 근질근질한가 보지?"

생선 가게 아저씨가 소리치며 가자미를 집어들었다.

그때 어떤 아줌마가 끼어들었다.

　"이분 말이 옳아요. 그저께 이 집에서 대구를 샀는데, 집에 가서 보니까 상한 거였다구요. 고양이도 안 먹더라니까요."

　"상한 거였다구요? 내가 판 대구가?"

　생선 가게 아저씨가 소리를 질렀다.

　그렇게 해서 한바탕 시끌벅적해졌다. 사람들이 왕창 몰려들어 떠들어대기 시작했다. 그 덕분에 우리는 무사히 빠져나올 수 있었다. 멀리서 보니 생선 가게 아저씨는 아직도 가자미를 손에 든 채 온갖 몸짓을 해가며 소리소리 지르고 있었다.

　"이제 그만 집으로 가자. 너무 늦었어."

아빠가 피곤한 목소리로 말했다. 신경이 몹시 날카로워진 것 같았다.

"하지만 아빠, 우린 토마토 다섯 개밖에 안 샀잖아요. 내 생각엔 바닷가재를 사가야……"

하지만 아빠는 말이 끝나기도 전에 내 팔을 홱 낚아챘다. 나는 깜짝 놀라서 장바구니를 땅에 떨어뜨렸다. 그 다음엔 끔찍했다. 퍽! 하고 토마토 으깨지는 소리가 났다. 내 뒤에 있던 뚱뚱한 아줌마가 땅에 떨어진 우리 장바구니를 밟고 지나간 거다. 아줌마는 우리한테 좀 조심하라고 신경질을 냈다. 장바구니를 주워서 안을 들여다보았다. 먹고 싶은 마음이 싹 없어졌다.

"토마토 다시 사러 가야겠어요. 다섯 개 전부 끝장났어요."

내가 아빠에게 말했다.

하지만 아빠는 들은 척도 안 하고 자동차 있는 데까지 곧장 갔다. 자동차엔 불법주차 딱지가 붙어 있었다.

"정말 재수 없는 날이군!"

아빠가 잔뜩 화가 나서 외쳤다.

아무튼 우리는 차에 올라탔다. 아빠가 시동을 걸었다. 갑자기 아빠가 큰 소리로 나를 꾸짖었다.

"바구니를 어디다 놓는 거냐? 아빠 바지에 다 묻었잖아! 네가 무슨 짓을 했는지 좀 봐라!"

그 순간 우리 차가 앞에 가던 트럭을 들이받고 말았다. 장난치면 사고가 나게 돼 있다!

정비소를 나오면서 보니까 아빠는 머리끝까지 화가 난 것 같았다. 그래도 그렇게 큰 사고는 아니었다. 내일 모레면 다 고친다니까 말이다. 아빠가 화가 난 건 아마 아까 그 뚱뚱한 트럭 운전수 아저씨가 심한 소리를 해댔기 때문일 것이다.

집에 오니까 엄마가 장바구니를 들여다보고는 뭐라고 잔소리를 하려고 했다. 하지만 아빠는 아무 소리도 듣고 싶지 않다고 소리를 질렀다. 집에 먹을 게 하나도 없어서, 아빠는 우리를 택시에 태워 식당으로 데리고 갔다. 무척 신이 났다. 아빠는 별로 입맛이 없는 것 같았지만, 엄마와 나는 마요네즈를 곁들인 바닷가재 요리를 잔뜩 먹었다. 사촌형 윌로주의 첫 영성체 기념 파티에 나온 것과 똑같은 요리였다. 식당을 나오면서 엄마는 절약하는 건 참 좋은 일이라고, 아빠 말씀이 백번 옳았다고 했다.

다음 일요일에도 아빠랑 같이 장 보러 갔으면 좋겠다!

의자 소동

오늘 학교에서 굉장한 일이 있었다!

평소처럼 아침 일찍 학교에 도착했고, 부이옹 선생님이(우리 학교 학생주임 선생님이다.) 수업 시작 종을 치자 교실로 들어가기 위해 모두들 운동장에서 줄을 섰다. 하지만 다른 반 애들은 모두 교실로 들어갔는데, 우리 반만 운동장에 남아 있어야 했다. 무슨 일인지 참 궁금했다. 담임 선생님이 병이 나서 결근한 걸까? 아니면 우리 반 전체가 퇴학당하는 걸까? 하지만 부이옹 선생님은 아무 설명도 안 해주고 그냥 조용히 있으라고만 했다. 조금 있으니까 우리 담임 선생님이랑 교장 선생님이 왔다. 두 선생님은 우리가 서 있는 모습을 보고는 그 자리에 서서 무슨 얘긴지를 조용히 속삭였다. 잠시 후, 교장 선생님은 돌아가고 담임 선생님만 우리에게 다가왔다.

선생님이 말했다.

"여러분, 어젯밤 학교 수도관이 터지는 바람에 우리 반 교실에 물이 가득 차버렸어요. 지금 수리공 아저씨들이 고치고 있는 중이에요. 그래서…… 뤼퓌스! 선생님 말이 재미없더라도 좀 가만히 듣고 있어요! 그래서 오늘은 세탁장에서 수업을 하기로 했어요. 이런 사고를 틈타 장난을 치거나 말썽 부리지 않기를 바랍니다. 알겠지요? 착한 어린이들이니까 선생님 말씀을 잘 들어야 해요. 뤼퓌스! 두번째 경고예요. 자 그럼, 출발!"

우리는 오히려 잘된 일이라고 좋아했다. 학교에 무슨 문제가 있을 땐 항상 뭔가 재미있는 일도 생기기 때문이다. 세탁장으로 가기 위해 선생님 뒤를 따라 작은 돌 계단을 내려갔다. 정말 신기했다. 학교 구석구석을 다 가봤다고 생각했었는데, 이렇게 안 가본 장소도 있었던 거다. 출입이 금지되어 있어서 보통 때는 갈 수 없었던 장소였다. 세탁장은 아무것도 없이 텅 비어 있었다. 별로 넓지는 않았고, 세면대와 파이프가 여러 개 달린 보일러가 놓여 있을 뿐이었다.

"아, 참! 식당에 가서 의자를 가져와야겠어요."

선생님이 말했다.

우리는 모두 손을 들고 외쳤다.

"제가 갈게요, 선생님! 저요, 저요, 선생님!"

그러자 선생님은 들고 있던 자로 세면대를 두드렸다. 교실에서 교탁을 두드릴 때보다는 소리가 작았다.

"좀 조용히 해요! 이렇게 떠들면 아무도 안 보내겠어요. 그냥 서서 수업할 거예요. 자, 어디 보자…… 아냥하고 니콜라, 조프루아, 외드, 그리고…… 그리고…… 그리고 뤼퓌스. 뤼퓌스는 오늘 별로 얌전하게 행동하지 않아서 그럴 자격은 없지만…… 하여튼 지금 이름 부른 다섯 사람은 식당으로 가세요. 장난치지 말고 곧장! 알겠죠? 식당에 가면 의자를 줄 거예요. 아냥이 제일 착하니까 인솔자로 임명하겠어요."

선생님이 말했다.

우리는 신이 나서 앞으로 나갔다. 세탁장을 나올 때, 뤼퓌스는 신나게 놀 수 있게 됐다며 좋아했다.

"조용히 좀 해!"

아냥이 말했다.

"야! 네가 뭔데 참견이야, 이 치사한 귀염둥이 녀석아! 난 내가 조용히 하고 싶을 때만 조용히 할 거라구. 알아듣겠어?"

뤼퓌스가 소리쳤다.

"무슨 소리야? 그러면 안 돼! 내가 조용히 하라고 하면 조용히 해야 하는 거야. 선생님이 나보고 인솔하라고 했으니까 말이야. 그리고 난 치사한 귀염둥이가 아니야. 또 그러면 선생님한테 이를 거야!"

아냥도 소리쳤다.

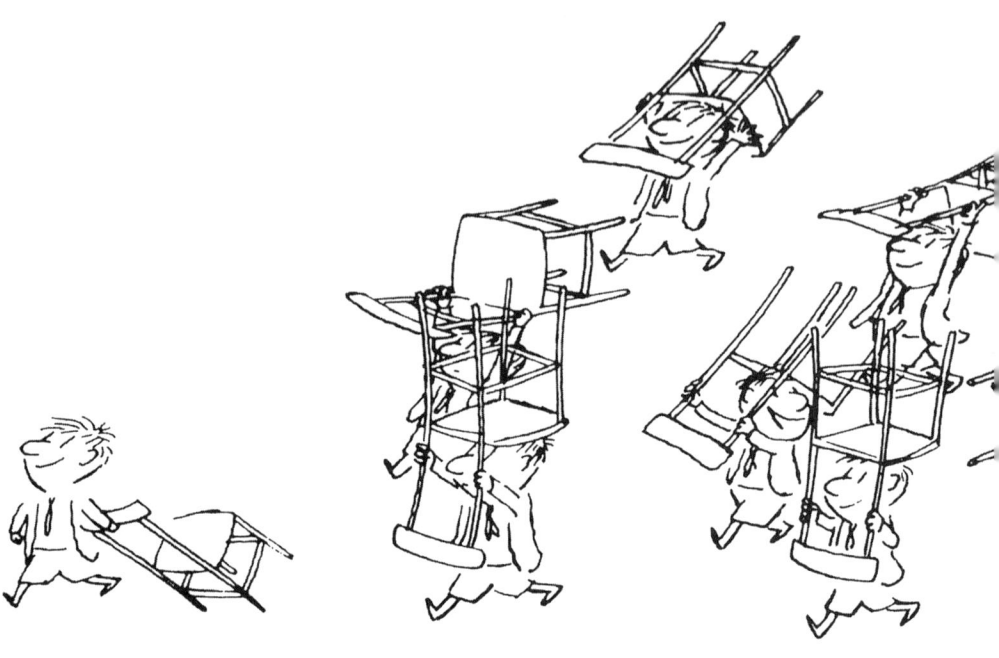

"너 한 대 맞고 싶어?"

화가 난 뤼퓌스가 외쳤다.

그때, 세탁장 문이 열리더니 선생님이 얼굴을 내밀며 말했다.

"잘들 하는군요! 벌써 돌아왔어야 할 시간인데, 아직까지 문 앞에서 싸움이나 하고 있으니 말예요! 뤼퓌스, 넌 벌써 경고를 받았지. 뤼퓌스 대신 맥상이 갔다와요. 뤼퓌스는 세탁장 안으로 들어가고!"

　뤼퓌스가 불공평하다고 항의했지만, 선생님은 버릇없는 학생이라고 야단치며 다시 한번 경고를 주었다. 계속 그러면 더 심한 벌을 주겠다고 했다. 그러는 동안 조프루아 가 이상한 표정을 지으며 장난을 치는 바람에 조프루아 대신 조아생이 가게 되었다.

　"아! 이제야 오는군!"

　식당에서 우리를 기다리고 있던 학생주임 부이옹 선생님이 이렇게 말하며 의자를 내주었다. 우리는 여러 번을 갔다와야 했다. 그러다가 외드가 복도에서 장난을 쳐서,

대신 클로테르가 가게 되었고, 나도 알세스트와 교대해야 했다. 그런데 나중에는 다시 내가 조아생을 대신하게 되었다. 외드는 담임 선생님이 한눈 파는 틈을 타서 자기 멋대로 한번 더 갔다왔다.

이윽고 선생님이 의자는 이제 충분하다며, 그만 하고 제발 조용히 좀 하라고 했다. 부이옹 선생님이 한꺼번에 의자 세 개를 들고 왔다. 부이옹 선생님은 정말 힘이 센 것 같다. 부이옹 선생님은 의자를 내려놓고 나서 우리 선생님에게 이만큼이면 되겠냐고 물었다. 담임 선생님은 의자가 너무 많아서 움직일 공간도 없다며, 몇 개는 다시 갖다 놓아야겠다고 했다. 그 말을 듣고, 모두 손을 들고 소리쳤다. "저요, 선생님! 저요!" 시끄러워지자 담임 선생님은 들고 있던 자로 보일러 통을 탕탕 쳤다. 결국 의자는 부이옹 선생님이 가져가기로 했다. 부이옹 선생님은 두 번이나 왔다갔다했다.

"자, 이제 의자 줄을 맞추세요."

담임 선생님이 말했다.

우리들은 줄을 맞추기 시작했다. 하지만 다 하고 보니 하기 전보다 더 엉망이 되어 있었다. 담임 선생님은 무척 화가 났는지, 우리보고 정말 못 말리는 녀석들이라면서 직접 의자를 정돈하기 시작했다. 선생님은 세면대를 정면으로 해서 의자들을 나란히 정돈한 후, 우리한테 자리에 앉으라고 했다. 그런데 조아생과 클로테르가 서로 뒤쪽 구석 자리에 앉겠다며 싸우기 시작했다.

"또 무슨 일이죠? 지금 선생님이 화가 많이 나는데도 참고 있다는 걸 모르겠어요?"

선생님이 말했다.

"여기가 제 자리예요. 교실에서
도 제가 조프루아 뒤에 앉잖아요."

클로테르가 설명했다.

"그렇긴 하지만 조프루아 옆은 알세스트가 아니잖아요. 그러니까 조프루아가 자리
를 바꿔야 해요. 그러면 클로테르는 알세스트 뒷자리가 되는 거구요! 그러니까 문 쪽
자리는 제 거예요."

조아생이 말했다.

"그래. 그럼 바꾸지 뭐. 하지만 그러려면 먼저 니콜라가 비켜야 해. 그래야 뤼퓌스
가……."

조프루아가 자리에서 일어나며 말했다.

"그만들 해요! 클로테르, 너는 구석에 가서 서 있어!"

담임 선생님이 말했다.

"어느 구석이요, 선생님?"

클로테르가 물었다.

사실 클로테르가 그렇게 질문할 만도 했다. 클로테르는 언제나 칠판 왼쪽 구석에 가
서 벌을 섰는데, 세탁장 안은 구조가 달랐기 때문에, 어디로 가야 할지 잘 몰랐던 거
다.

하지만 담임 선생님은 짜증이 났는지 클로테르에게 바보같이 굴지 말라며 빵점을 주겠다고 했다. 클로테르는 장난칠 때가 아니라는 걸 깨닫고 세면대 반대쪽 구석으로 가서 섰다. 하지만 자리가 너무 비좁아, 클로테르가 벌을 서려면 우리가 더 꼭꼭 붙어 앉아야 했다.

클로테르가 벌서러 가버리자, 조아생은 신이 나서 구석 자리로 가서 앉았다. 하지만 선생님이 조아생에게 "안 돼, 이 꾀바른 녀석! 그렇게 간단할 줄 알아? 선생님이 잘 감시할 수 있게 여기 앞자리로 나와요" 하고 말했다. 조아생이 앞자리에 앉으려면 외드가 자리를 비켜줘야 했다. 그리고 우리는 그애들이 움직일 수 있게 모두 자리에서 일어서야 했다. 그러느라고 다시 시끄러워지자 선생님이 보일러를 자로 탕탕 치면서 또 소리를 쳤다.

"조용히! 앉아요! 앉으라니까! 내 말 안 들려요? 앉아!"

그때 갑자기 세탁장 문이 활짝 열리더니 교장 선생님이 들어왔다.

"일어서!"

담임 선생님이 말했다.

"앉아!"

교장 선생님이 말했다.

"이렇게 난리를 피우다니 정말 훌륭합니다! 여러분 떠드는 소리 때문에 학교가 몽땅 떠내려가겠어요! 복도에서 뛰어다니는 소리 하며, 고함 소리 하며, 보일러 두드리는 소리까지. 대단해요! 아마 여러분 부모님도 무척 자랑스러워하시겠지요. 계속 이렇게 야만인처럼 행동한다면 틀림없이 감옥에서 일생을 마쳐야 할 테니까요. 누구나 다 알 수 있는 일이지요."

"교장 선생님, 아이들이 좀 들떠 있어서 그럴 뿐이에요. 원래 여기는 교실로 만들어진 곳이 아니잖아요. 약간 소란스럽긴 하지만 곧 얌전해질 겁니다."

담임 선생님이 말했다. 우리 담임 선생님은 정말 마음이 곱다. 늘 우리를 감싸주니 말이다.

교장 선생님이 미소를 지으며 말했다.

"그야 물론이죠, 선생님. 그렇고말고요! 다 이해합니다. 어쨌든 학생들이나 좀 진정시켜주세요. 수리공들이 내일 아이들 등교하기 전까지 수리를 다 끝내놓겠다고 약속했답니다. 그렇게 말해주면 아이들도 얌전해지겠지요."

교장 선생님이 나가자 우리는 모든 게 다 잘 해결됐다는 생각에 기분이 좋아졌다. 담임 선생님이 내일은 목요일*이라고 말하기 전까지만 말이다.

---

* 프랑스의 초등학교에서 목요일은 수업이 없는 자유학습일이다. (옮긴이)

손전등

철자법 시험에서 7등을 했다. 아빠가 돈을 주면서 뭐든 사고 싶은 걸 사라고 했다.

방과후, 나는 내 뒤를 졸졸 따라오는 친구들과 함께 학교 앞 가게에 가서 손전등을 샀다. 내가 사고 싶었던 게 바로 그거였으니까 말이다. 학교 오가는 길에 눈여겨봐둔 거였는데, 그걸 갖게 되니 정말 기분이 좋았다.

"손전등은 뭐 하려고 사니?"

알세스트가 물었다.

"탐정 놀이 할 때 쓰려고. 탐정들은 언제나 손전등을 갖고 도둑을 잡거든."

내가 대답했다. 그러자 알세스트가 다시 말했다.

"그건 그렇지. 하지만 나라면 아빠가 뭐 사라고 돈을 주면, 빵집에 가서 크림 파이를 사 먹을 거야. 손전등은 나중에 못 쓰게 되지만 크림 파이는 아주 맛있거든."

그러자 아이들이 모두 웃었다. 알세스트가 바보 같은 소리를 한다면서 말이다. 아이들은 크림 파이보다야 손전등이 훨씬 낫다고 했다.

"너 그 손전등 우리한테도 빌려줄 거지?"

뤼퓌스가 내게 물었다.

"안 돼. 갖고 싶으면 너희들도 철자법 시험에서 7등 하면 되잖아!"

내가 말했다.

우리는 화가 난 채 헤어졌다. 앞으로 그 녀석들하고는 말도 안 할 거다.

집에 와서 손전등을 보여주었더니 엄마가 말했다.

"어라? 그런 걸 뭐하러 샀니? 하긴 손전등이라면 시끄럽진 않겠구나. 방에 들어가 숙제부터 하렴."

나는 내 방으로 올라가, 온 방 안을 깜깜하게 만들기 위해 창문을 꼭꼭 닫았다. 그런 다음 벽, 천장, 가구에 불빛을 비추며 놀았다. 침대 밑을 살펴보았더니 한쪽 구석에 옛날에 잃어버린 구슬이 있었다. 이런 멋진 손전등이 없었다면 잃어버린 구슬 같은 건 절대로 발견 못 했을 거다.

구슬을 꺼내려고 침대 밑에 들어가 있는데, 갑자기 방문이 열리고 불이 켜지더니 엄마 목소리가 들렸다.

"니콜라! 너 어디 있니?"

내가 구슬을 들고 침대 밑에서 기어나오자, 엄마는 정신 나갔냐면서 이렇게 깜깜하게 해놓고 침대 밑에 들어가 뭘 했냐고 물었다. 손전등 갖고 놀고 있는 거라고 대답했더니 엄마는, 어째서 항상 장난칠 생각만 하는지 알 수가 없다며 잔소리를 하기 시작했다.

"정말 너 때문에 속상해서 못 살겠다. 네 꼴이 지금 어떤지 알아? 당장 숙제부터 하지 못해! 놀려면 숙제 다 한 다음에 놀아! 도대체 네 아빠 어디서 그런 이상한 생각을 해냈는지 알다가도 모르겠다."

엄마가 나가자 난 불을 끄고 다시 손전등을 켰다. 그리고 그 불 밑에서 숙제를 했다. 손전등 불빛으로 숙제를 하니까 참 재미있었다. 산수 숙제였는데도 말이다! 조금 있으니, 엄마가 또 방에 들어와 불을 켰다. 엄마는 기분이 아주 나쁜 것 같았다.

"숙제부터 하고 놀라고 했지?"

엄마가 말했다.

"지금 숙제 하잖아요."

내가 설명했다.

"이렇게 깜깜한 데서 그렇게 희미한 불빛으로 말이냐? 니콜라, 너 눈 나빠지려고 작정했어, 응?"

엄마가 소리를 질렀다.

나는 이 손전등이 그냥 보기엔 희미한 것 같아도 굉장히 강력한 빛을 낸다고 설명했다. 하지만 엄마는 내 말은 들은 체도 안 하고 손전등을 빼앗으며 숙제를 다 한 뒤에 돌려주겠다고 했다. 울어버릴까 생각했지만, 엄마한텐 그래봤자 별 소용이 없기 때문에, 꾹 참고 숙제부터 해치우기로 했다. 다행히 선생님이 내준 숙제는 별로 어렵지 않아서 금방 풀 수 있었다. 계산해보니까 암탉이 하루에 낳는 계란은 33. 33개였다.

나는 숙제를 끝내자마자 곧장 부엌으로 달려가 엄마에게 손전등을 돌려달라고 했다.

"좋아. 하지만 말썽 부리면 안 돼!"

엄마가 말했다.

이윽고 아빠가 집에 왔다. 나는 아빠에게 뽀뽀를 하고 나서 내가 사온 멋진 손전등을 보여주었다. 아빠는 별 엉뚱한 생각을 다 해냈다고 하고는, 어쨌든 그런 물건이라면 시끄럽지는 않겠다고 했다. 그리고는 신문을 들고 거실로 나가 앉았다.

나는 아빠를 따라가서 물어보았다.

"아빠, 불 꺼도 돼요?"

"불을 끄다니? 그게 무슨 말이냐, 니콜라?"

아빠가 되물었다.

"손전등 갖고 놀려구요."

내가 설명했다.

"말도 안 되는 소릴 하는군. 생각해봐라. 불을 끄면 아빠가 신문을 못 읽잖아."

"바로 그거예요. 대신 내가 손전등으로 비춰줄게요. 멋지잖아요!"

"안 된다니까, 니콜라! 알아들었어? 안 돼. 절대 안 된다구! 제발 시끄럽게 좀 하지 마. 아빤 지금 무척 피곤하단 말이야."

아빠가 소리쳤다.

난 울면서 어떻게 이럴 수가 있냐고 했다. 손전등을 못 갖고 놀 줄 알았다면 철자법 시험에서 7등을 하지도 않았을 거고, 닭하고 달걀이 나오는 숙제도 풀지 않았을 거라고 말이다.

"당신 아들 왜 이 야단이에요?"

엄마가 부엌에서 나오며 물었다.

"얘가 아무것도 아닌 것 갖고 떼를 쓰는군. 글쎄 나더러 깜깜하게 해놓고 신문을 읽으라는 거야. 당신 말마따나 '당신 아들' 이 말야."

아빠가 대답했다.

"그게 누구 잘못인데요? 손전등 사라고 돈 준 사람이 누군데 그래요?"

엄마가 말했다.

"난 아무것도 사라고 한 적 없어! 저 녀석이 아무 생각 없이 돈을 낭비한 거지. 아무렴 내가 저 따위 한심한 전등이나 사라고 했겠어? 저렇게 낭비하는 버릇은 대체 누굴 닮은 건지 나야말로 정말 궁금하다구."

아빠가 소리를 질렀다.

"이건 한심한 전등이 아니에요!"

내가 소리쳤다.

"뭐라구요? 아, 당신이 뭘 말하려고 하는지 이제야 알겠어요. 하지만 분명히 알아두세요. 우리 삼촌이 망한 건 낭비해서가 아니라 경제난 때문이었어요. 당신 동생 으젠처럼 그런 게 아니……."

엄마가 말했다.

그러자 갑자기 아빠가 나를 보며 말했다.

"니콜라, 네 방에 가서 놀아라! 어서! 아빠 엄마랑 얘기 좀 해야겠다!"

나는 내 방으로 올라가 거울 앞에서 놀았다. 손전등을 얼굴에 비추니까 꼭 귀신 같았다. 그런 다음 손전등을 입 안에 넣어보았더니 볼이 빨갛게 변했다. 또 주머니에 넣어보았더니, 불빛이 바지를 뚫고 나왔다. 나는 도둑들이 지나간 흔적이 없나 한번 찾아보기로 했다. 그러고 있는데, 엄마가 저녁 먹으라고 부르러 왔다.

그날 저녁 식탁에서는 아무도 웃지 않았다. 그래서 불 끄고 밥 먹어보자는 말을 꺼낼 수가 없었다. 정전이 되길 바라는 수밖에 없었다. 가끔 정전이 될 때가 있으니까 말이다. 그렇게만 되면 엄마 아빠도 내 손전등이 있어서 다행이라고 할 거다. 아빠가 지하실로 내려가 퓨즈를 살펴볼 때 따라가서 불을 비춰줄 수도 있고 말이다. 하지만 아쉽게도 아무 일도 일어나지 않았다. 그나마 다행히 사과 파이가 디저트로 나왔다.

나는 침대에 누워서도 손전등으로 책을 보았다. 하지만 엄마에게 들켜버렸다.

"니콜라, 정말 못 말리겠구나! 그 불 끄고 빨리 자! 아니지, 그 손전등 이리 내놔라. 내일 아침에 돌려줄 테니까."

"싫어! 싫어!"

나는 큰 소리로 외쳐댔다.

"그냥 놔둬! 조용히 좀 살자구! 도대체 집구석이라고……."

밖에서 아빠가 소리쳤다.

그러자 엄마는 한숨을 크게 내쉬고는, 내 방에서 나갔다. 나는 이불을 뒤집어쓰고 그 속에서 손전등을 켰다. 얼마나 멋졌는지 여러분은 상상도 못 할 거다. 그러다가 그만 깜빡 잠이 들어버렸다.

아침에 엄마가 깨워서 일어나보니 손전등은 불이 꺼진 채 침대 한복판에 놓여 있었다. 다시 켜보려고 했지만 안 켜졌다.

"당연하지. 건전지가 다 된 거야. 망가져버린 거라구. 안됐지만 어쩔 수 없지. 가서 세수나 해라!"

엄마가 말했다.

아침을 먹을 땐 아빠도 이렇게 말했다.

"니콜라, 울음 뚝 그치지 못하겠니? 이번 일에서 뭔가 교훈을 얻었겠지. 이게 다 아빠가 준 돈 갖고 쓸데없이 낭비한 결과야. 넌 좀더 똑똑해져야겠다."

그날 저녁 엄마 아빠는 내가 똑똑하게 행동했다는 걸 알고 무지 좋아했다. 망가진 손전등을 학교에 들고 가서 뤼퓌스의 멋진 호루라기와 바꿔왔기 때문이다. 굉장히 잘 불어지는 호루라기였다.

룰렛 놀이

조프루아 아빠는 엄청 부자여서, 조프루아가 갖고 싶다는 건 뭐든지 다 사준다. 그래서 조프루아는 늘 학교에 굉장한 물건들을 가져온다. 오늘은 가방 안에 룰렛을 감춰가지고 와서 쉬는 시간에 우리에게 보여주었다. 룰렛이란 예쁜 번호들이 색색으로 적혀 있는 작은 원반인데, 그 위를 하얀 구슬 하나가 굴러다닌다.

"먼저 이 원반을 돌리는 거야. 원반이 돌아가다가 멈추면, 구슬은 여기 있는 번호들 중 한 곳에 멈추게 되지. 구슬이 멈출 거라고 예상되는 곳에 내기를 걸면 되는 거야. 알겠어? 번호를 맞추는 사람이 이기는 거지."

조프루아가 우리에게 설명해주었다.

"그건 너무 쉽잖아. 분명히 속임수가 있겠지."

뤼퓌스가 말했다.

"나도 서부영화에서 룰렛 놀이 하는 거 봤어. 속임수를 써서 이기는 거였어. 남자 주인공이 권총을 꺼내 사기꾼들을 모조리 쏘아버렸지. 그리고 나서는 창문으로 뛰어내려 말을 타고 어디론가 떠났어. 따가닥! 따가닥! 따가닥! 하면서 말이야."

맥상도 끼어들었다.

"그것 봐! 속임수가 있다고 했지?"

뤼퓌스가 말했다.

"이 바보야! 영화에 나온 룰렛 놀이가 속임수였다고 내 룰렛도 속임수라는 거야?"

조프루아가 화가 나서 말했다.

"지금 누구보고 바보라는 거야?"

뤼퓌스와 맥상이 동시에 말했다.

"나도 텔레비전에서 룰렛 놀이 하는 걸 봤어. 큰 탁자 위에 번호가 씌어진 모포가 있었어. 사람들이 번호에다 돈을 걸었는데, 돈을 잃게 되면 막 화를 내더라."

클로테르가 말했다.

"맞아. 내 룰렛 상자 안에도 번호가 새겨진 초록색 모포랑 동전처럼 생긴 것들이 잔뜩 들어 있었어. 하지만 엄마가 전부 다 가져가면 안 된다고 했어. 그래도 괜찮아. 이 것만 갖고도 충분히 놀 수 있으니까."

70

조프루아가 말했다.

그리고는 번호를 선택해서 내기만 걸면 되며, 룰렛을 돌려서 나온 번호를 선택한 사람이 이기는 거라고 설명했다.

"그런데 뭘로 내기를 걸지? 놀이할 때 쓰는 가짜 동전이 없잖아."

내가 물었다.

"우리가 갖고 있는 돈으로 걸면 되지. 이긴 사람이 친구들이 건 돈을 몽땅 갖는 거야."

조프루아가 대답했다.

"내 돈은 방과후에 초콜릿빵 사 먹을 때 써야 돼."

알세스트가 말했다. 벌써 빵을 두 개나 먹었으면서 말이다.

"물론 그래야겠지. 하지만 네가 돈을 몽땅 따면 초콜릿빵을 굉장히 많이 살 수 있을걸?"

조아생이 말했다.

"뭐라구? 이 뚱보가 번호를 잘 선택하면, 내 돈을 다 따서 초콜릿빵을 많이 살 수 있게 된다구? 절대로 안 돼! 그런 건 놀이라고 할 수도 없어!"

외드가 화를 내며 말했다.

자기를 뚱보라고 부르는 걸 싫어하는 알세스트는 엄청 화가 나서, 자기가 외드 돈을 전부 따서, 외드 앞에서 초콜릿빵을 먹으며 한 입도 주지 않고 마구 놀려주겠다고 했다. 농담이 아니라면서 말이다.

"아, 놀고 싶지 않은 놈들은 빠져! 이렇게 말싸움만 하면서 쉬는 시간을 다 보낼 수는 없으니까. 할 사람들만 번호를 선택하라구!"

조프루아가 말했다.

모두들 룰렛 주위에 쪼그리고 앉아 땅바닥에 동전을 놓고 각자 번호를 정했다. 나는 12번에 놓고, 알세스트는 6, 클로테르는 0, 조아생은 20, 맥상은 5, 외드는 25, 조프루아는 36번에 놓았다. 뤼퓌스는 룰렛 놀이를 하면 속임수로 돈을 잃을 게 뻔하니 아무 번호도 선택하지 않겠다고 했다.

"어휴! 쟤 정말 열받게 하네. 야, 내가 말했잖아. 속임수 같은 건 없다고!"

조프루아가 소리를 질렀다.

"그걸 어떻게 믿어?"

뤼퓌스가 물었다.

"애들아, 말싸움은 그만 하고 빨리 시작하기나 해!"

알세스트가 소리쳤다. 조프루아가 룰렛을 돌렸다. 구슬은 24번에 가서 멈추었다.

"어, 24번이네?"

알세스트가 얼굴이 빨갛게 되어 외쳤다.

"그거 봐! 속임수가 있다고 했잖아.
아무도 못 이긴다니까!"

뤼퓌스가 말했다.

"이렇게 되면 내가 이긴 거야!

난 25번이니까. 25번이 24번에서 가장 가까운 숫자잖아."

외드가 말했다.

"야! 그건 어느 나라 규칙이냐? 25번에 걸었는데 25번이 안 나왔으면 잃은 거라구! 알아들었냐?"

조프루아가 놀리듯 말했다.

"조프루아 말이 맞아. 아무도 못 이겼으니까 다시 해야 돼."

알세스트가 맞장구를 쳤다.

"잠깐! 이긴 사람이 아무도 없을 땐 룰렛 주인이 판돈을 모두 갖는 거야. 그게 규칙이라구."

조프루아가 얼른 말했다.

"하긴 텔레비전에서도 그렇게 하더라."

클로테르도 말했다.

"넌 참견하지 마! 이건 텔레비전에 나오는 게 아니잖아. 만일 그런 규칙이라면 난 그만둘 거야. 알겠어?"

알세스트가 소리쳤다.

"그럴 수는 없어. 넌 확실히 잃은 거라구."

조프루아가 말했다.

"왜냐하면 내가 이겼으니까!"

외드가 재빨리 끼어들어 말했다.

우리는 또 한바탕 말싸움을 벌이기 시작했다. 운동장 저쪽에서 학생주임 부이옹 선생님과 무샤비에르 선생님이 우리를 유심히 쳐다보고 있는 게 보였다. 우리는 말싸움을 그쳤다.

"자, 첫번째는 연습이라고 하고, 지금부터 진짜로 시작하자."

조프루아가 말했다.

"좋아. 그럼 난 24번에 걸겠어."

뤼퓌스가 말했다.

"아깐 내 룰렛은 속임수니까 안 한다고 했잖아?"

조프루아가 뤼퓌스를 가로막으며 말했다.

"맞아. 그러니까 24번에 걸겠다는 거야. 24번에만 구슬이 멈추도록 조작된 게 틀림없어. 아까 돌릴 때 다 봤다구!"

뤼퓌스가 대답했다.

조프루아는 기가 막히다는 듯 뤼퓌스를 쳐다보더니, 손가락 하나를 머리 옆에 대고 빙빙 돌렸다. 제정신이 아니라는 뜻이었다. 그리고 다른 손으로는 룰렛을 돌렸다. 구슬이 또 24번에 멈췄다. 조프루아는 손가락을 돌리다 말고 눈을 동그랗게 떴다. 뤼퓌스가 웃으면서 판돈을 긁어모으려 했다. 그러자 외드가 뤼퓌스를 떠밀며 말했다.

"안 돼! 네가 이긴 게 아냐. 넌 속임수를 썼잖아."

"뭐? 내가 속임수를 썼다고? 너야말로 져놓고 웬 딴 소리야! 잘 들어. 난 24번에 걸었고, 구슬도 24번에 멈췄어. 그러니까 이긴 거야. 맞지?"

뤼퓌스가 대들었다.

"이건 조작된 룰렛이야. 네가 아까 그렇게 말했잖아. 같은 번호가 두 번 나올 수는 없는 거라구."

조프루아가 소리쳤다.

그 다음엔 끔찍했다. 모두들 한데 엉겨붙어 한바탕 싸움이 벌어졌다. 우리를 지켜보고 있던 부이옹 선생님과 무샤비에르 선생님이 급히 달려왔다.

"그만들 하고 조용히 해! 내 이럴 줄 알고 아까부터 무샤비에르 선생님과 함께 너희들을 감시하고 있었다. 자, 내 눈을 잘 봐. 무슨 음모를 꾸미고 있었지? 응?"

부이옹 선생님이 큰 소리로 물었다.

"룰렛 놀이를 하고 있었는데요, 애네들이 전부 짜고 날 속였어요. 내가 분명히 이겼는데……."

뤼퓌스가 설명했다.

"아니야! 네가 이긴 게 아니라구. 그리고 내 돈은 아무도 못 따! 알아들었어?"

뤼퓌스가 말을 끝내기도 전에 알세스트가 소리쳤다.

"룰렛이라고? 아니 그럼, 학교 운동장에서 룰렛 게임을 하고 있었다는 거냐? 그럼 저기 저 땅바닥에 있는 건…… 아니, 돈이잖아! 이것 좀 보시오, 무샤비에르 선생. 이 못된 녀석들이 노름을 하고 있었답니다! 너희 부모님들이 도박을 하면 패가망신해서

76

감옥에 가게 된다는 걸 말해주지 않았단 말이냐? 노름만큼 사람을 타락시키는 게 없다는 걸 모르는 거야? 이 얼빠진 녀석들아, 노름이란 건 한 번 빠지면 평생을 망치는 거야! 무샤비에르 선생, 쉬는 시간이 끝났으니 가서 종을 치세요. 난 이 룰렛과 돈을 압수하겠어요. 너희들 전부 다 경고 하나씩이야, 알겠어?"

부이옹 선생님이 소리쳤다.

수업이 끝난 후, 우리는 부이옹 선생님한테 갔다. 선생님한테 뭔가 압수를 당하면 항상 이렇게 방과후에 선생님을 찾아간다.

부이옹 선생님은 뭔가 기분 나쁜 일이 있는 듯한 표정으로 우리를 바라보더니, 조프루아에게 룰렛을 돌려주며 이렇게 말했다.

"난 이런 장난감을 사주신 너희 부모님 생각엔 찬성할 수가 없구나. 다시는 이런 불길한 장난감을 학교에 가져오면 안 된다!"

옆에 있던 무샤비에르 선생님이 웃으면서 우리에게 동전을 돌려주었다.

메메의 방문

메메가 우리집에 며칠 묵으러 올 거라는 소식이 왔다. 나는 엄청 기분이 좋았다. 메메는 우리 엄마의 엄마인데, 항상 나한테 멋진 선물들을 사준다.

아빠가 일찍 퇴근해서 역으로 메메를 마중 나가기로 했다. 그런데 메메 혼자 택시를 타고 집에 도착했다.

엄마가 메메를 보더니 외쳤다.

"어머나, 엄마! 이렇게 빨리 오실 줄 몰랐어요!"

"그렇게 됐구나. 원래 4시 13분 기차를 타기로 했는데, 그냥 3시 47분 걸로 앞당겨

타고 왔지. 너희들에게 전화하느라 돈 낭비할 필요도 없을 것 같고 해서…… 오, 니콜라! 그새 많이 컸구나. 이젠 제법 사내 티가 나네? 이리 와서 메메한테 뽀뽀해줘야지? 그래 그래. 이 메메가 니콜라를 깜짝 놀라게 해주려고 선물을 많이 사왔는데, 그걸 넣은 가방을 화물 보관소에 맡겨두었단다…… 그건 그렇고, 네 남편은 어디 있니?"

메메가 말했다.

"엄마 마중하러 역에 나갔는데…… 헛수고만 했네. 불쌍해라!"

메메는 그 말을 듣고는 막 웃었다.

조금 있으니 아빠가 돌아왔다. 메메는 아빠를 보자 또 웃었다. 아빠는 내 선물이 든 가방은 안 가져온 것 같았다.

"그럼 내 선물은요? 메메, 아빠한테 찾아오라고 말해주세요!"

내가 말했다.

"니콜라! 조용히 좀 못 하겠니? 창피하지도 않아?"

엄마가 나를 야단쳤다.

"아니다. 니콜라 말이 맞다. 아이구, 귀여운 녀석. 똑똑하기도 하지…… 이보게 사위, 역에 도착해보니 날 마중 나온 사람이 없어서, 선물이 든 가방을 그냥 화물 보관소에 맡겨버렸다네. 나 혼자 들고 오기엔 너무 무거워서 말이야. 자네가 찾아다줄 거라고 생각했는데……."

메메가 말했다.

아빠는 메메를 가만히 바라보더니 아무 말 없이 다시 밖으로 나갔다. 얼마 후 다시

뽀뽀…

돌아온 아빠를 보니 조금 피곤해 보였다. 메메의 가방이 굉장히 크고 무거워서 들고 오느라 무척 고생한 것 같았다.

"도대체 이 가방 속에 뭐가 들어 있는 거죠? 절구통이라도 들어 있나요?"

아빠가 메메에게 물었다.

하지만 아빠의 상상은 빗나갔다. 메메가 갖고 온 건 절구통이 아니라 나한테 줄 블록 세트, 주사위 놀이 세트(이미 두 개나 가지고 있는데 또 받게 되었다), 빨간 공 한 개하고 미니 카 한 대, 소방차 하나, 그리고 돌리면 음악 소리가 나는 팽이였으니 말이다.

"엄마도 참! 이러니까 저 녀석이 응석받이가 되죠."

엄마가 말했다.

"응석받이라구? 우리 니콜라가 말이냐? 이렇게 귀여운 녀석이? 이렇게 천사 같은 애가? 그럴 리가 없어요! 어이구, 우리 귀염둥이, 이리 와서 할머니한테 뽀뽀해야지?"

메메가 또 뽀뽀해달라고 했다.

내가 뽀뽀를 해주자, 메메는 슬슬 짐을 풀어야겠다며 어디서 자면 되냐고 물었다.

"니콜라 침대는 너무 작고, 거실에 소파가 있긴 하지만…… 저희 방에서 함께 주무시면 어때요?"

엄마가 말했다.

"아니다, 애야. 소파도 괜찮아. 이젠 신경통도 거의 다 나았으니까……."

"그건 안 돼요. 어머니를 소파에서 주무시게 할 수는 없잖아요. 안 그래요, 여보?"

엄마가 아빠에게 물었다.

"그럼, 물론이지."

아빠가 엄마 눈치를 살피며 대답했다. 메메의 짐을 침실로 옮기고 나서, 메메가 소지품을 정리하는 동안 아빠는 다시 거실로 내려와 신문을 들고 안락의자에 앉았다.

그 동안 나는 메메가 가져온 팽이를 돌리며 놀았다. 별로 재미는 없었다. 아기들이 갖고 노는 팽이였기 때문이다.

"좀 저쪽으로 가서 놀 수 없니?"

아빠가 내게 말했다.

그때, 메메가 내려와 의자에 앉았다. 메메는 나에게 팽이가 마음에 드냐면서, 잘 돌릴 수 있냐고 물었다. 나는 메메에게 팽이 돌리는 걸 보여줬다. 메메는 깜짝 놀라며 무척 대견해했다. 그리고는 또 뽀뽀를 해달라고 했다.

그런 다음 메메는 아빠에게 신문 좀 보여달라고 했다. 기차 타기 전에 신문 살 시간이 없어서 아직 신문을 못 봤다면서 말이다. 아빠는 메메에게 신문을 주려고 일어났고, 신문을 받아든 할머니는 아빠가 앉았던 안락의자에 가서 앉았다. 그쪽이 제일 밝은 자리였기 때문이다.

"식사하세요!"

부엌에서 엄마가 외쳤다.

식탁으로 가보니 정말 엄청났다! 엄마는 마요네즈를 듬뿍 친(난 마요네즈를 무지 좋아한다.) 커다란 생선 요리를 만들었고, 완두콩을 곁들인 오리고기와 치즈, 그리고 크림 케이크에 과일까지 잔뜩 준비되어 있었다.

메메 덕분에 두 번씩 먹을 수 있었다. 메메는 디저트로 나온 메메 몫의 케이크도 내게 주었다.

"그렇게 많이 먹으면 배탈난다."

아빠가 말했다.

"아, 한 번 그런다고 배탈까지 날까."

메메가 말했다.

저녁 식사를 마친 후, 메메는 기차를 오래 타서 무척 피곤하다며 일찍 쉬고 싶다고 말하고는 모두에게 뽀뽀를 했다.

아빠도 두 번씩이나 역에 갔다와서 무척 피곤한데다 할머니 마중 때문에 일찍 퇴근했으니까, 내일은 평소보다 일찍 출근해야 한다고 해서 모두들 일찍 잠자리에 들었다.

그런데 그날 밤 나는 정말 배탈이 나고 말았다. 맨 처음 내 방으로 달려온 사람은 아빠였다. 거실 소파에서 자고 있었기 때문에 제일 먼저 내 비명 소리를 들었던 거다. 메메도 매우 걱정하면서 내가 심상치 않은 것 같다고, 의사 선생님에게 보여야 한다고 말했다. 그런 이야기를 들으며 나는 다시 잠이 들었다.

아침에 엄마가 나를 깨우러 왔을 때, 아빠가 급히 뒤따라 들어오며 말했다.

"여보, 당신 어머니에게 빨리 나와달라고 부탁 좀 하구려. 목욕탕에 들어가신 지 벌써 한 시간이 넘었다구! 도대체 그 안에서 뭘 하시는 거지?"

"뭘 하시냐뇨. 목욕중이시죠. 어머니도 목욕탕을 사용할 권리가 있잖아요. 안 그래요?"

엄마가 말했다.

"난 시간이 없잖아! 장모님은 아무 데도 안 가시지만, 난 출근을 해야 한단 말이야! 이러다 지각하겠어!"

아빠가 소리를 질렀다.

"좀 조용히 하세요. 어머니가 다 듣겠어요."

엄마가 말했다.

"듣든지 말든지! 어젯밤 소파에서 웅크리고 자느라고 얼마나 고생한 줄 알아?"

아빠가 계속 소리쳤다.

"애 앞에서 그런 식으로 말하지 말아요! 그랬었군요. 우리 엄마가 도착했을 때부터 죽 지켜보고 있었어요. 당신이 못마땅한 표정 하는 거 말예요! 그렇죠, 당신은 우리 친정 식구들한텐 언제나 그래요. 만약 당신 동생 으젠이었다면……."

엄마가 새빨개진 얼굴로 말했다. 굉장히 화가 난 것 같았다.

"알았어! 알았으니까 으젠 이야기는 그만둡시다. 당신 어머니한테 내 면도기랑 비누나 좀 찾아달라고 하구려. 주방에서 세수하게."

아빠가 아침 식사를 하러 왔을 때 메메와 나는 벌써 식탁에 앉아 있었다.

"서둘러라, 니콜라. 안 그러면 너도 학교에 늦을 거야."

아빠가 말했다.

"그게 무슨 소린가? 밤새 그 고생을 했는데 애를 학교에 보낸다구? 이 녀석 얼굴 좀 보게나. 아주 핼쑥해졌잖아. 아이구, 불쌍한 내 새끼. 힘들지 않니, 아가야?"

"네, 힘들어요."

나는 기운 없는 표정을 지으며 대답했다.

"그것 보게나. 좀 있다가 의사한테 보여야겠네."

메메가 말했다.

"아니에요. 그럴 필요 없어요. 니콜라는 학교에 갈 거예요."

엄마가 식탁으로 커피를 가져오며 말했다.

나는 막 울면서 너무 힘들고 핼쑥해서 도저히 학교에 못 가겠다고 했다. 그러자 엄

86

마가 야단을 쳤다. 메메가 옆에서, 엄마가 하는 일에 간섭하기는 싫지만 한 번쯤 결석한다고 해서 무슨 큰일이 생기는 것도 아니고, 손자 얼굴 보기도 힘든데, 하루 쉬게 하라고 했다. 엄마는 내키지 않는 얼굴이었지만, 그럼 오늘 하루만 그렇게 하라고 허락했다. 메메가 또 내게 뽀뽀해달라고 했다.

"자, 그럼 난 가야겠소. 오늘 저녁엔 되도록 일찍 퇴근하도록 하리다."

아빠가 이렇게 말하고 일어났다.

"이보게, 나 때문에 너무 신경 쓸 것 없네. 내가 있다고 해서 생활방식까지 바꿀 필요야 없지 않나."

메메가 아빠에게 말했다.

교통안전 수업

가끔 등교길에 친구들을 만날 때가 있다. 그럴 때 우리는 장난을 치며 재미있게 논다. 가게 진열장을 쳐다보기도 하고, 다리를 걸어 넘어뜨리기도 하고, 친구 책가방을 쳐서 떨어뜨리기도 하면서 말이다. 한참 그러다 보면 시간이 많이 지나서 뛰어서 학교에 가야 한다. 오늘처럼 수업이 오후에 있을 때는 우리집 가까이에 사는 알세스트, 외드, 뤼퓌스, 클로테르와 함께 학교에 간다. 오늘도 역시 서둘러야 했다. 지각하지 않으려면 말이다.

우리가 뛰어서 큰 길을 건너고 있을 때(수업 시작 종은 이미 울린 뒤였다.) 외드가 다리를 거는 바람에 뤼퓌스가 그만 넘어지고 말았다. 뤼퓌스가 외드에게 소리쳤다.

"야, 너! 남자라면 이리 와봐!"

하지만 외드와 뤼퓌스는 싸울 수가 없었다. 차에 치이지 않게 우리를 보호하려고 자동차를 세워두고 있던 경찰 아저씨가 화난 얼굴로 우리 모두를 길 한가운데로 불러모았던 거다.

"너희들 찻길 건너면서 뭐 하는 거냐! 도대체 학교에서 어떻게 배우길래 이 모양이지? 차도 위에서 그런 장난을 하면 위험하단 말이야!…… 아니, 너 뤼퓌스구나! 너까지 이런 짓을 하다니, 네 아빠에게 말해주어야겠다!"

뤼퓌스는 아빠가 경찰이어서 몇 번이나 이런 난처한 일을 당했었다. 경찰 아저씨들이 모두 뤼퓌스의 아빠를 잘 알고 있어서 말이다.

"안 돼요, 바둘 아저씨! 다신 안 그럴게요. 제 잘못이 아니에요. 외드가 제 다리를 걸어 넘어뜨렸단 말예요!"

뤼퓌스가 말했다.

"야, 이 치사한 고자질쟁이야!"

외드가 소리쳤다.

"웃기지 마. 너야말로 치사해!"

뤼퓌스도 소리쳤다.

"둘 다 그만 하고 학교부터 가거라! 이러다가 지각하겠다. 이 일은 내가 나중에 처리할 테니까."

경찰 아저씨가 말했다.

그래서 우린 학교로 들어갔다. 경찰 아저씨가 멈춰 서 있던 차들을 지나가게 했다.

맨 마지막 시간이 시작되었을 때 담임 선생님이 말했다.

"시간표대로라면 지금은 문법 시간이지만, 오늘은 문법 공부 대신 다른 걸 하겠어요……."

우리는 모두 크게 환호성을 질렀다. 우리 반 일등이고 담임 선생님의 귀염둥이인 아냥만 빼고 말이다. 우리가 시끄럽게 하자 담임 선생님이 자로 교탁을 탁탁 치면서 말했다.

"조용히들 해요! 문법 공부를 하지 않는 건 조금 전에 아주 중대한 사건이 일어났기 때문이에요. 우리의 안전을 돌보시는 경찰 아저씨가 교장 선생님께 드릴 말씀이 있다며 오셔서, 여러분들이 위험한 찻길 한복판에서 야만인들처럼 뛰어다니며 장난을 쳤다고 말씀하셨어요. 선생님도 여러분이 길 건널 때 경솔하게 행동하는 걸 여러 번 보았어요. 그래서 교장 선생님 말씀에 따라, 여러분에게 교통 법규를 가르쳐주려고 하는 거예요. 조프루아! 선생님 말이 재미없더라도 좀 얌전히 듣고 있어요. 주위 친구들까지 방해하지 말고…… 클로테르! 일어나봐요! 내가 방금 뭐라고 했지요?"

클로테르가 자리에서 일어나더니, 스스로 벌받는 자리로 가서 섰다. 담임 선생님이 한숨을 내쉬고 나서 우리에게 물었다.

"교통 법규가 뭔지 말할 수 있는 사람 있나요?"

아냥, 맥상, 조아생, 그리고 나와 뤼퓌스가 손을 들었다.

"그럼 맥상이 한번 말해볼까?"

담임 선생님이 말했다.

"교통 법규라는 건 운전학원에서 나눠주는 작은 책 이름이에요. 운전면허증을 따려면 그걸 달달 외워야 돼요. 우리 엄마도 그 책을 갖고 있는데, 아직 면허증은 못 땄어요. 시험관 아저씨가 그 책에 없는 것만 문제로 냈기 때문이래요. 그래서……."

맥상이 대답했다.

"그만. 됐어요, 맥상."

담임 선생님이 맥상의 말을 잘랐다.

"……그래서 우리 엄마는 운전학원을 다른 데로 바꿨어요. 거기선 틀림없이 운전면허를 따게 해주겠다고 그랬대요. 그리고……."

"됐다니까, 맥상! 어서 자리에 앉아요!"

선생님이 큰 소리로 말했다.

"모두 손 내려요. 아냥한테는 조금 후에 따로 질문을 하겠어요. 교통 법규란 도로 사용자들의 안전을 위해 만든 규칙을 말하는 거예요. 자동차를 운전하는 사람은 물론 보행자들도 마찬가지예요. 훌륭한 운전자가 되기 위해선 우선 훌륭한 보행자가 되어야 해요. 선생님 생각엔 모두들 이다음에 컸을 때 운전을 잘하고 싶어할 것 같은데…… 그렇죠? 자, 그러면 길을 건널 땐 어떻게 해야 하는지 누가 한번 말해볼까요?…… 그래, 아냥이 말해봐요."

"쳇! 아냥은 혼자서 길을 건너본 적이 한 번도 없어요. 항상 엄마가 학교까지 바래다

준단 말이에요. 그것도 손을 꼭 잡고서!"

맥상이 불평했다.

"아니야! 혼자서 온 적도 있어! 그리고 엄마 손은 안 잡아!"

아냥이 외쳤다.

아이들이 시끄럽게 떠들어대자 선생님이 빽! 소리를 질렀다.

"조용히들 해요! 이렇게 계속 떠들면 다시 문법 공부를 할 거예요! 나중에 여러분이 자동차 운전을 잘 못하게 돼도 어쩔 수 없어요. 맥상에게는 벌로 숙제를 내주겠어요. '앞으로 길을 건널 때는 지나가는 차가 없는지 잘 살피겠으며, 차도에서 함부로 덤벙거리며 뛰어다니지 않겠습니다.' 이 문장에 나온 동사들을 모두 변화*시켜오세요!"

그리고 나서 선생님은 칠판에 십자 모양을 그렸다.

"자, 잘 봐요! 이건 사거리예요. 이 길을 건너가자면 여기, 여기, 여기, 여기 네 군데에 있는 횡단보도를 이용해야 해요. 교통 경찰 아저씨가 있을 때에는 길을 건너가도 좋다고 손짓해줄 때까지 기다려야 해요. 또, 신호등이 있으면 그걸 잘 지켜보았다가 반드시 녹색 불이 켜졌을 때 건너가야 해요. 차도로 들어서기 전에는 반드시 좌우를 잘 살펴봐야 하고요. 특히 주의할 점은 절대로 뛰어서는 안 된다는 거예요. 그럼, 니콜라! 선생님이 방금 말한 내용을 다시 한번 말해봐요."

나는 선생님이 말한 내용을 반복했다. 신호등 얘기만 빼고는 거의 똑같이 말해서,

---

* 불어의 동사는 크게 3개 군으로 나누어지며, 6개 인칭에 대해 8개의 시제와 4개의 법에 따라 각각 다른 어미 변화를 한다. (옮긴이)

선생님이 잘했다고 칭찬해주었다. 20점 만점에 18점을 받았다.

아냥은 물론 20점을 받았고, 클로테르말고는 모두 15점에서 18점을 받았다. 클로테르는 벌을 받고 있을 때에도 선생님 말씀을 잘 들어야 하는 건지는 몰랐다고 했다.

그때, 교장 선생님이 들어오셨다.

"일어서!"

담임 선생님이 말했다.

"앉아! 어떻습니까, 선생님. 교통 법규 공부는 잘 시키셨겠지요?"

교장 선생님이 물었다.

"예, 교장 선생님. 모두들 열심히 들었어요. 이젠 잘 이해했으리라고 확신합니다."

담임 선생님이 대답하자, 교장 선생님은 활짝 미소를 지으며 이렇게 말했다.

"좋아요. 그렇다면 안심입니다. 앞으로는 우리 학생들 때문에 교통경찰로부터 훈계 받는 일이 두 번 다시 없었으면 좋겠군요. 이번 특별 수업의 결과는 방과후면 알게 되겠지요."

교장 선생님이 나가자 우리는 다시 자리에 앉았다. 마침 수업이 끝나는 마지막 종이 울렸다. 우리는 신이 나서 우르르 교실 밖으로 뛰어나갔다. 담임 선생님이 큰 소리로 말했다.

"그렇게 뛰지 말아요! 모두들 조용히 그리고 천천히 내려가도록 하세요. 선생님도 내려가서 여러분이 어떻게 길을 건너는지 지켜보겠어요. 오늘 배운 교통 법규 공부를 얼마나 이해했는지 말이에요."

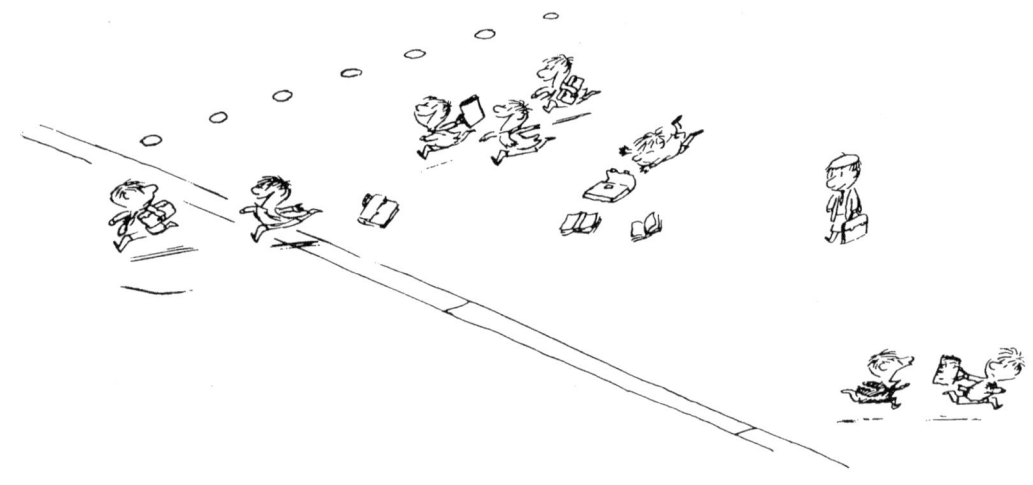

　우리는 선생님과 함께 다같이 교문 밖으로 나왔다. 교통경찰 아저씨는 우리를 보더니 빙그레 미소를 짓고는, 지나는 차들을 세우고 우리가 건너갈 수 있도록 신호를 해주었다.

　"여러분! 뛰지 말고 천천히 건너가도록 해요! 선생님이 여기서 지켜보겠어요."

　우리는 차례차례 줄을 지어 아주 얌전히 길을 건넜다.

　길을 다 건넌 다음 뒤를 돌아보니, 건너편에서 담임 선생님과 경찰 아저씨가 웃으며 이야기하고 있는 모습이 보였다. 교장 선생님도 교장실 창문으로 우리를 바라보고 있었다.

　"아주 잘했어요! 교통경찰 아저씨도 아주 잘했다고 칭찬해주셨어요! 그럼 내일 학교에서 만나요!"

　담임 선생님이 건너편에서 외쳤다.

　우리는 담임 선생님에게 작별 인사를 하려고 다시 우르르 큰 길을 뛰어 건너갔다.

이야기하기 수업

종례 시간에 선생님이, 내일은 아주 특별한 수업을 하겠다고 했다. 집에서 적당한 물건, 이를테면 여행 기념품 같은 것을 하나씩 가져와서, 물건들을 하나하나 살펴보며 공부하는 거라고 했다. 각자 가져온 물건의 유래라든가 그 물건에 얽힌 추억을 친구들한테 들려주면서 말이다. 그러면 물건에 대한 공부를 하는 동시에 지리 공부나 작문 공부도 하게 되는 거라는 말도 했다.

"어떤 물건 말이에요, 선생님?"

클로테르가 질문했다.

"금방 설명했지요, 클로테르? 뭐든 이야깃거리가 될 만한 흥미로운 물건이면 돼요. 예를 들자면…… 벌써 몇 년 전 일이긴 하지만 한 학생은 자기 아저씨가 발굴한 거라며 공룡 뼈를 갖고 왔었어요. 공룡이 뭔지 누구 말해볼 사람 있어요?"

선생님이 말했다.

아냥이 손을 들었다. 우리는 집에서 무얼 가져올 건지 이야기하느라 시끄럽게 떠들어대기 시작했다. 그러자 선생님이 자로 교탁을 탁탁 두드렸고, 그 소리 때문에 치사한 귀염둥이 아냥 녀석이 무슨 말을 했는지 전혀 알아들을 수가 없었다.

집에 돌아와서 나는, 뭔가 멋진 여행 기념품을 학교로 가져가야 한다고 아빠에게 말했다.

"거 참 좋은 생각이로구나. 그런 실제적인 수업을 한다니…… 하긴, 물건을 직접 보면서 배우면 오래 기억에 남는 법이지. 너희 담임 선생님은 정말 훌륭한 분이구나. 아주 현대적이야. 어디 보자…… 우리 니콜라는 뭘 갖고 가면 좋을까?"

아빠가 말했다.

"선생님 말씀이, 공룡 뼈가 제일 멋지대요."

내가 대답했다.

"공룡 뼈라고! 난데없이 웬 공룡 뼈? 그런 걸 대체 어디서 구해오라는 거야? 안 돼, 니콜라. 손쉽게 구할 수 있는 물건이 아니면 곤란하다구."

아빠가 눈이 휘둥그레져서 말했다.

"평범한 물건은 싫어요. 우리 반 애들이 전부 깜짝 놀랄 만한 물건을 가져가고 싶단 말이에요."

내가 말했다.

그러자 아빠는 친구들을 놀라게 할 만한 그런 물건은 없다고 했다. 나는 친구들을 놀라게 할 물건이 없다면 내일 학교에 안 가겠다고 했다.

"나 참, 떼쓰는 것도 정도껏 해야지. 니콜라, 너 오늘 저녁 디저트는 몰수야. 너희 선생님은 정말 별 이상한 생각을 다 해내는구나."

아빠가 말했다.

나는 거실에 있는 안락의자를 걷어찼다. 그러자 아빠는 따귀 한 대 맞고 싶냐고 물었다. 나는 울기 시작했다. 내 울음소리를 듣고 엄마가 부엌에서 뛰어나왔다.

"또 무슨 일이에요? 하여튼 둘이 있으면 꼭 시끄러운 일이 생긴다니까. 니콜라, 뚝 그쳐! 도대체 무슨 일이야?"

엄마가 물었다.

"아 글쎄, 공룡 뼈는 안 된다고 했더니 당신 아들이 저렇게 떼를 쓰는군."

아빠가 내 대신 설명했다.

엄마는 아빠와 내 얼굴을 번갈아가며 쳐다보더니, 이 집에 사는 사람들은 모두 머리가 이상해지는 것 같다고 했다.

아빠가 다시 차근차근 설명을 했다. 엄마는 아빠 말을 다 듣고 나서 내게 말했다.

"뭐니, 니콜라. 그런 일이라면 떠들 필요가 전혀 없었는데 말야. 저기 장식장에 보면 우리가 여행 가서 가져온 재미있는 기념품이 많이 있잖아. 뱅 레 메르 해수욕장으로 휴가 갔을 때 사온 커다란 조개 껍데기도 있고 말야."

"아, 그렇지! 그게 좋겠다. 그 조개 껍데기라면 공룡 뼈 백 개보다 훨씬 나을 거야."

아빠도 맞장구를 쳤다.

조개 껍데기 같은 걸로 친구들이 놀라겠냐며 내가 걱정하자, 엄마는 다들 멋지다고 할 거고 선생님도 칭찬해주실 거라고 했다. 아빠가 조개 껍데기를 찾아왔다. 굉장히 큰 조개 껍데기였고, 겉에는 '뱅 레 메르 해변의 추억'이라고 씌어 있었다.

"이걸 학교에 가지고 가서 뱅 레 메르에서 지낸 휴가 이야기를 해주면 다들 깜짝 놀랄 거야. 물보라섬에 갔던 일 하며 이야깃거리가 많잖아. 호텔 숙박비가 얼마였는지도 말해주면 좋을 거야. 그래도 안 놀란다면 이상한 아이들일 거다."

아빠가 말했다.

"자, 이제 가서 식사나 해요."

엄마가 웃으면서 말했다.

다음날 나는 밤색 종이에 조개 껍데기를 싸가지고 어깨를 으쓱대며 학교로 갔다. 친구들이 우르르 몰려와 뭘 가지고 왔냐고 물었다.

"너희들은?"

내가 물었다.

"난 교실에 들어가서 보여줄 거야."

아무것도 아닌 것 가지고 괜히 숨기기 좋아하는 조프루아가 대답했다.

　다른 애들도 뭘 가져왔는지 말해주지 않았다. 조아생만 자기가 가져온 걸 보여주었
다. 상상도 못 할 만큼 정말 멋진 칼이었다.

　"편지봉투 뜯을 때 쓰는 칼이야."

　조아생이 설명했다.

　"우리 압동 삼촌이 톨레도에 갔다가 아빠한테 선물로 사다준 거래. 스페인에서 만든
거라구."

　그때, 부이옹 선생님이(우리 학교 학생주임 선생님인데, 진짜 이름은 따로 있다.) 와
서 조아생이 칼을 들고 있는 것을 보고, 이런 위험한 물건을 학교에 가지고 오면 안 된

다면서 압수해버렸다.

"우리 담임 선생님이 가져오라고 한 거란 말이에요, 선생님!"

조아생이 소리쳤다.

"허, 너희 선생님이 이런 위험한 물건을 학교에 갖고 오라고 했단 말이냐? 좋아, 그렇다면 네 칼을 압수할 뿐 아니라 또다른 벌도 주겠다. '학교에 위험한 물건을 가져와 놓고 학생주임 선생님이 물어보실 때 거짓말하면 안 됩니다.' 여기에 나온 동사들을 몽땅 변화시켜오도록 해. 울어도 소용없어. 벌받고 싶지 않다면 모두들 조용히 하도록 해!"

부이옹 선생님이 말했다.

그리고 나서 부이옹 선생님은 수업 시작 종을 치러 갔고, 우리들은 운동장에 줄을 섰다. 교실에 들어와서도 조아생은 계속 울고 있었다.

"또 시작이군…… 조아생, 일어나봐요. 도대체 왜 그러지요?"

담임 선생님이 물었다.

조아생이 일어나서 이유를 설명하자, 선생님은 한숨을 푹 내쉬며 말했다.

"학교에 칼을 가져오는 건 별로 좋은 생각이 아니에요. 아무튼 선생님이 뒤봉 선생님과 상의해서 잘 해결하도록 하겠어요."

'뒤봉' 은 부이옹 선생님의 진짜 이름이다.

"그럼, 여러분이 어떤 물건들을 갖고 왔나 좀 볼까요? 책상 위에 꺼내놓으세요."

담임 선생님이 말했다.

우리들은 가져온 것을 모두 꺼내놓았다. 알세스트는 부모님과 브르타뉴 지방에 놀러 갔을 때 맛있는 요리를 먹었던 음식점 메뉴판을 가져왔고, 외드는 코트 다쥐르 지방의 그림엽서를 가져왔다. 아냥은 자기 부모님이 노르망디 지방에서 사다 주었다는 지도책을 가져왔다. 클로테르는 아무것도 찾아내지 못해서, 부모님이 써준 사과문을

갖고 왔다. 선생님 말씀을 잘못 알아들어, 반드시 뼈를 가져와야 된다고 생각했기 때문이다. 맥상과 뤼퓌스, 이 두 바보들은 조개 껍데기를 하나씩 가지고 왔다.

"내 건 그냥 조개 껍데기가 아냐. 예전에 내가 물에 빠진 사람을 구했을 때 발견한 거라구."

뤼퓌스가 말했다.

"웃기지 마. 너는 물에 뜨지도 못하잖아. 그리고 네가 주운 거라면 조개 껍데기에 왜 '플라주 데 조리종의 추억' 이라고 써 있냐?"

맥상이 물었다.

"정말!"

내가 말했다.

"야, 너 한 대 맞고 싶어?"

뤼퓌스가 내게 물었다.

"뤼퓌스! 앞으로 나와요! 뤼퓌스는 이번 주 자유학습일 날 학교에 나오도록 해라. 니콜라, 맥상, 너희들도 벌받고 싶지 않거든 조용히 해!"

선생님이 큰 소리로 말했다.

"저는 스위스의 기념품을 가지고 왔어요. 우리 아빠가 스위스에서 산 금시계예요."

조프루아가 뽐내며 말했다.

"금시계라고? 네가 이걸 학교에 갖고 온 걸 너희 아버지도 알고 계시니?"

선생님이 큰 소리로 물었다.

"아뇨. 하지만 선생님이 갖고 오라고 했다고 말하면 아빠도 야단치진 않을 거예요."

조프루아가 말했다.

"뭐? 내가 그랬다고! 이런 분별 없는 녀석…… 그건 귀중품이니까 주머니에 잘 넣어 두도록 해라!"

선생님이 말했다.

"선생님! 저도 종이칼 집에 안 가져가면 아빠한테 야단맞을 텐데요."

조프루아가 끼어들어 말했다.

"아까 말했잖아, 조프루아. 그건 뒤봉 선생님과 상의해보겠다고!"

선생님이 소리를 질렀다.

그러고 있는데 갑자기 조프루아가 외쳤다.

"선생님! 시계가 없어요. 선생님이 하라는 대로 주머니 속에 넣었는데 없어져버렸어요."

"아까까지 있던 시계가 어딜 갔겠니. 바닥은 잘 살펴봤어?"

선생님이 물었다.

"바닥에도 없어요."

조프루아가 대답했다.

그러자 선생님은 조프루아 책상 옆에 와서 이리저리 둘러본 후, 우리한테도 바닥에 시계가 떨어져 있지 않나 찾아보라고 했다. 모르고 밟아서 부수지 않도록 조심하라면서 말이다. 그러고 있는데 맥상이 내 조개 껍데기를 바닥에 떨어뜨렸다. 나는 맥상의

따귀를 한 대 때려주었다.

선생님은 빽! 소리를 지르고는 수업 끝난 후에도 모두 꼼짝 말고 남아 있으라고 했다. 조프루아는, 만약 시계를 못 찾으면 선생님이 직접 자기 집에 와서 아빠에게 말해 달라고 했고, 조아생 역시 종이칼을 돌려받지 못하게 되면 선생님이 자기 집에 와줘야 한다고 했다.

하지만 다행히 일은 다 잘 끝났다. 시계는 조프루아의 윗옷 안주머니에 들어 있었고, 부이옹 선생님도 조아생에게 종이칼을 돌려줬기 때문이다. 선생님은 우리에게 준 벌을 취소했다.

오늘 수업은 정말 재미있었다. 선생님도 우리가 가지고 온 물건들 덕분에 오늘 수업은 평생 잊을 수 없을 거라고 했다.

체면 안 차리고

오늘 저녁엔 무슈봄 씨가 우리집에 식사하러 온다. 무슈봄 씨는 우리 아빠가 다니는 회사의 사장님이다. 무슈봄 아줌마도 올 거다. 무슈봄 씨의 부인 말이다. 며칠 전부터 우리집에서는 오늘 저녁 식사가 화젯거리였다.

오늘 아침 엄마 아빠는 어쩔 줄을 몰랐다. 엄마는 며칠 동안 엄청 바빴고, 어제는 아빠가 엄마하고 차를 타고 시장에 다녀왔다. 아빠는 평소에 엄마하고 같이 시장에 가는 걸 별로 좋아하지 않는데 말이다. 난 엄마 아빠의 그런 모습이 보기 좋았다. 특히 엄마가 이러다가는 제 시간에 준비 못 할 것 같다고 말했을 때는 꼭 크리스마스 날 같았다.

오늘 학교에서 돌아와보니, 집 안이 아주 달라져 있었다. 구석구석 깨끗이 청소를 했고, 가구 덮개도 전부 치워져 있었다. 나는 곧장 식당으로 들어갔다. 식당에 있던 식탁은 양 옆에 널빤지를 이어 붙여 아주 넓어졌고, 그 위엔 빳빳하게 풀 먹여 다림질한 새하얀 식탁보가 덮여 있었다. 그리고 평소 식사할 때는 잘 쓰지 않던 금테 두른 접시들이 놓여 있었다. 접시 앞에는 유리잔들이 잔뜩 놓여 있고 말이다. 아주 가늘고 기다란 잔도 있었다. 난 깜짝 놀랐다. 평소에는 꺼내지 않는 물건들만 놓여 있어서 말이다.

나는 접시를 세어보다가 한 사람분 식기가 빠진 것을 알아차렸다. 웃음이 나왔다. 부엌으로 뛰어갔더니, 엄마는 까만 옷에 하얀 앞치마를 두른 어떤 아줌마와 이야기를 하고 있었다. 머리 손질을 잘해서 그런지 엄마는 굉장히 예뻐 보였다.

"엄마! 식탁에 식기가 한 세트 모자라요."

나는 큰 소리로 엄마한테 말했다.

"니콜라! 그렇게 소리지르지 말라고 몇 번이나 말했니? 그리고 야만인처럼 뛰어다니지 좀 말아라. 얼마나 놀랐는지 알아? 안 그래도 엄만 지금 정신없어 죽겠어."

엄마가 말했다.

나는 엄마한테 미안하다고 했다. 정말 신경이 날카로워 보였기 때문이다. 나는 식기 세트가 하나 모자란다고 천천히 다시 한번 말했다.

"아니야. 모자랄 리가 없어. 가서 숙제나 해라. 엄마 좀 귀찮게 하지 말고."

엄마가 대답했다.

하지만 그냥 물러설 수는 없었다.

"정말 하나가 모자란다니까요. 나, 아빠, 엄마, 무슈붐 씨, 무슈붐 부인, 전부 다섯 명이잖아요. 그런데 식기는 네 세트밖에 없어요. 식사가 시작되면 엄마, 아빠, 무슈붐 씨, 무슈붐 부인 중 한 사람 식기가 없어서 싸움이 날지도 모른단 말이에요!"

엄마는 한숨을 푹 내쉬더니, 의자에 앉아 내 팔을 꼭 잡고는 접시는 꼭 맞게 놓여 있다고 말했다. 그리고 나는 똑똑한 애니까 엄마 말을 잘 알아들을 거라면서, 오늘 저녁 식사 자리는 아주 지루할 테니까 나는 같이 먹지 않아도 된다고 했다. 나는 울기 시작했다. 저녁 식사가 지루할 리 없다고, 아니 굉장히 재미있을 거라고, 이런 식으로 다른 사람들과 놀지 못하게 하면 자살해버릴 거라고 소리쳤다. 진짜라고, 농담이 아니라고 했다.

그때, 퇴근해서 돌아온 아빠가 부엌으로 들어와 엄마에게 물었다.

"그래, 준비는 다 됐소?"

"아뇨. 아직 안 됐어요. 엄마가 내 접시를 식탁에 안 놓아줬으니까요. 나도 같이 놀고 싶은데 끼워주지 않는다구요! 이건 말도 안 돼요! 말도 안 돼요! 말도 안 된다구요!"

내가 소리쳤다.

"아! 정말 지겨워요. 이놈의 식사 초대 때문에 내가 진을 뺀 게 벌써 며칠짼지 알아요? 식사엔 내가 빠지겠어요! 그래, 그러면 되겠다! 내가 빠진다고! 니콜라, 네가 내 자리에 앉으려무나! 그럼 됐지? 무슈붐인지 뭔지 이젠 진저리가 나! 나 없이 알아서들 하시라구요!"

엄마도 소리를 질렀다.

그리고는 식당 문을 쾅! 닫고 나가버렸다. 나는 깜짝 놀라서 울음을 뚝 그쳤다. 아빠는 두 손으로 얼굴을 감싸며 의자에 앉더니, 조금 있다 내 팔을 꽉 잡으며 말했다.

"잘했다, 니콜라! 굉장해! 엄마를 완전히 질리게 해버렸구나. 이제 속이 시원하니?"

나는 사람들과 함께 식탁에서 즐겁게 식사하는 걸 바랐던 것뿐이지, 엄마를 속상하게 하려고 그런 게 아니었다고 말했다. 그랬더니 아빠는 오늘 저녁 식사는 아주 지루할 테니까, 말썽피우지 않고 얌전히 부엌에서 저녁을 먹는다면, 내일 영화 구경도 시켜주고, 동물원에도 데려가고, 맛있는 음식도 사주며 함께 놀아주겠다고 했다. 그 밖에 깜짝 놀랄 선물도 있다고 했다.

"저 앞 가게 진열장에 있는 파란색 미니카 말이에요?"

114

내가 물었다.

아빠가 그렇다고 대답했다. 그래서 나도 좋다고 했다. 선물도 받고 싶고 엄마 아빠도 기쁘게 해주고 싶었기 때문이다. 아빠는 밖으로 나가더니 엄마를 데리고 다시 부엌으로 들어왔다. 그리고는 엄마에게 다 잘 해결되었다고, 내가 정말 남자답다고 말했다. 그러자 엄마는 니콜라가 철이 들었다는 건 벌써부터 알고 있었다며 뽀뽀를 해주었다. 기분이 아주 좋았다.

이어 아빠는 오르되브르(정식 서양 요리에서 수프가 나오기 전에 식욕을 돋우기 위해 먹는 간단한 요리—옮긴이)가 뭔지 좀 보고 싶다고 했다. 까만 옷에 하얀 앞치마를 두른 아줌마가 냉장고에서 마요네즈를 듬뿍 친 커다란 바다새우를 꺼냈다. 사촌누나 펠리시테의 첫 영성체 파티 때 나온 것과 똑같은 멋진 새우 요리였다. 하지만 그땐 배가 아파서 하나도 못 먹었다. 나는 지금 내 몫을 먹을 수 있냐고 물어보았다. 하지만 하얀 앞치마에 까만 옷을 입은 아줌마는 새우를 다시 냉장고에 넣으며 이런 건 애들이 먹는 음식이 아니라고 했다. 보고 있던 아빠가 내일 아침까지 남아 있다면 커피와 함께 주겠다고, 하지만 너무 기대는 하지 않는 게 좋을 거라고 웃으면서 말했다.

곧이어 부엌 식탁에 내가 먹을 저녁 식사가 차려졌다. 올리브를 곁들인 뜨거운 소시지, 아몬드, 생선 파이 그리고 과일 샐러드였다. 참 맛있었다.

"자, 니콜라. 이제 가서 잠자리에 들도록 해라. 노란색 잠옷 깨끗이 빨아놓았으니까 갈아입고, 아직 시간이 이르니까 책이나 읽고 있어. 조금 있다가 무슈붐 씨 부부가 오면 엄마가 부르러 갈 테니까 내려와서 인사하도록 하고."

엄마가 말했다.

"글쎄, 그럴 필요까지 있을까?"

아빠가 물었다.

"물론이죠. 그렇게 하기로 했잖아요."

엄마가 대답했다.

"니콜라가 엉뚱한 짓 할까 봐 겁이 나서 그래."

"니콜라도 이제 다 컸으니까 철부지 같은 짓은 하지 않겠죠."

아빠가 진지한 얼굴로 나를 불렀다.

"니콜라, 오늘 저녁 식사는 아빠에겐 무척 중요한 자리야. 그러니까 예의 바르게 인사 잘하고, 묻는 말에만 대답해야 해. 엉뚱한 짓 하면 절대 안 돼. 약속할 수 있지?"

난 그러겠다고 했다. 아빠가 그렇게 걱정을 하는 게 정말 이해가 안 됐다. 어쨌든 나는 잠자리로 갔다. 조금 있으니까 초인종 소리가 나더니 반갑게 인사하는 소리가 들렸다. 곧이어 엄마가 나를 데리러 올라왔다.

"메메가 생일날 사주신 가운 입고 내려와라."

엄마가 말했다.

그때 나는 아주 재미있는 카우보이 이야기를 읽고 있었다. 그래서 별로 내려가고 싶은 마음이 없다고 말했다. 하지만 엄마가 눈을 부릅뜨고 나를 노려봐서, 장난할 때가 아니라고 생각하고 시키는 대로 했다.

엄마랑 내가 거실로 내려가자 무슈붐 씨 부부가 앉아 있다가 나를 보고 탄성을 질렀

다.

"글쎄, 니콜라가 사장님 내외분께 인사하고 싶다고 안달이지 뭐예요? 그래서 실례가 되는 줄은 알지만 만나뵙게 하려구요."

엄마가 말했다.

무슈붐 씨 부부는 또다시 탄성을 질렀다. 나는 아저씨 아줌마랑 악수하기 위해 손을 내밀었다. 그러자 무슈붐 부인은 엄마를 돌아보고는 내가 홍역을 치렀냐고 물었다. 무슈붐 씨는 이렇게 착한 아이라면 학교에서 공부도 잘할 것 같은데 정말 그러냐고 묻고 말이다. 나는 조심스럽게 행동하려고 무척 애썼다. 아빠가 계속 나를 노려보고 있었기 때문이다. 나는 어른들이 이야기하는 동안 끼어들지 않고 한쪽 구석에 앉아 있기로 했다.

"대접이 변변치 않아서 어쩌죠? 저희는 그냥 체면 안 차리고 평소대로 준비했습니

다만······."

아빠가 말했다.

"아니, 난 오히려 그런 걸 더 좋아해요. 가족적인 분위기, 얼마나 좋아요? 나 같은 사람은 거의 매일 의무적으로 연회에 참석해야 하기 때문에, 마요네즈를 듬뿍 친 새우 요리처럼 보기에만 그럴 듯한 건 진력이 났단 말씀이야."

무슈붐 씨가 말했다.

그러자 모두들 큰 소리로 웃었다. 무슈붐 부인이 엄마에게, 자기도 좀 일찍 와서 도왔으면 좋았을걸 그랬다고, 단출한 모임이긴 하지만 그래도 집안 일 하기 바쁠 텐데 이렇게 음식 장만하느라 얼마나 애를 썼겠냐고 말했다. 엄마는 그렇지 않다고, 일하는 게 오히려 즐거움이며, 가정부가 도와줘서 별로 어렵지도 않았다고 대답했다.

"참 운이 좋으시네요. 저희 집 가정부들은 얼마나 다루기가 힘든지 몰라요! 도대체가 오래 붙어 있는 사람이 없어요."

무슈붐 부인이 말했다.

"저희 집 가정부는 보물단지예요. 저희하고 함께 지낸 지 아주 오래됐기 때문에 이젠 식구나 다름없죠. 아이에게도 그렇게 잘해줄 수가 없어요."

엄마가 자랑스러운 표정으로 말했다.

잠시 후, 까만 옷에 하얀 앞치마를 두른 아줌마가 부엌에서 나와, "사모님, 식사 준비 다 됐습니다" 하고 말했다. 나는 깜짝 놀랐다. 엄마도 나처럼 따로 식사하는 줄은 몰랐기 때문이다.

120

"자, 니콜라. 이제 올라가서 자거라."

아빠가 말했다.

나는 무슈붐 부인에게 손을 내밀며 인사했다. "만나서 반가웠어요, 아주머니." 무슈붐 씨와도 악수하며 말했다. "만나서 반가웠어요, 아저씨." 까만 옷에 하얀 앞치마를 두른 아줌마에게도 다가가 예의 바르게 인사를 했다. "만나서 반가웠어요, 아줌마." 그리고 나서 나는 잠자러 내 방으로 올라갔다.

복권

오늘 종례 시간에 담임 선생님이 학교에서 복권을 발매하기로 했다고 말했다. 클로테르가 무슨 말인지 몰라 어리둥절해하자, 선생님은 복권이란 번호가 매겨져 있는 종이인데 뽑기랑 비슷한 거라고, 사람들이 그 종이를 사면 추첨을 해서 뽑힌 사람에게 상품을 주는 거라고 설명해주었다. 경품으로 걸린 건 소형 오토바이라는 말도 했다.

그리고 나서 선생님은 복권을 팔아서 모인 돈으로 동네 아이들이 뛰어놀 수 있는 놀이터를 만들 거라고 말해주었다. 잘 이해는 안 됐다. 우리 동네에는 이미 마음껏 운동도 하고 놀 수도 있는 넓은 공터가 있으니 말이다. 그 공터는 정말 멋진 곳이다. 거기

가면 고물 자동차도 한 대 있다. 바퀴는 없지만 아주 재미있게 놀 수 있다. 새로 만들 놀이터에도 자동차를 갖다 놓을지 어쩔지 모르겠다.

어쨌든 선생님이 책상 서랍에서 조그만 종이 뭉치를 잔뜩 꺼내 드는 것을 보자, 뭔가 근사한 일이 일어날 것 같아 신이 났다.

"그래서 여러분이 이 복권을 팔아야 해요. 한 사람한테 한 묶음씩 나누어줄게요. 한 묶음에 오십 장씩이고, 한 장당 일 프랑이에요. 이걸 부모님이나 친구들에게 팔도록 하세요. 거리에서 마주치는 사람들이나 이웃 사람들에게 파는 것도 좋아요. 공동의 이익을 위해 일하는 보람을 느낄 수 있을 뿐 아니라 수줍어하는 성격도 이겨낼 수 있는 좋은 기회가 될 거예요."

선생님이 말했다.

선생님은 '공동의 이익'이 무슨 말인지 또다시 클로테르에게 설명해줘야 했다. 모두들 복권 한 묶음씩을 나누어 받았다. 기분이 무척 좋았다.

복권을 받아들고 학교를 나온 우리는 교문 앞 길가에 모였다. 조프루아는 자기 아빠가 엄청 부자니까 자기는 몽땅 아빠한테 팔겠다고 했다.

"그래? 하지만 그렇게 하면 무슨 재미냐? 복권은 모르는 사람들에게 파는 게 규칙이야. 그래야 재미가 있는 거라구."

뤼퓌스가 말했다.

"난 정육점 아저씨한테 팔아야지. 우리 엄마가 그 집 단골이니까 거절 못 할 거야."

알세스트가 말했다.

　하지만 다른 아이들은 아빠에게 몽땅 파는 게 나을 것 같다며, 모두들 조프루아 생각에 찬성했다.

　뤼퓌스는 말도 안 된다고 펄펄 뛰다가, 어떤 아저씨가 지나가는 걸 보고는 달려가 복권을 내밀었다. 하지만 그 아저씨는 복권은 쳐다보지도 않고 그냥 지나가버렸다. 뤼퓌스가 그 아저씨를 따라가며 실랑이를 벌이는 동안, 우리는 각자 흩어져 집으로 향했다. 클로테르는 도로 학교로 가야 했다. 복권 뭉치를 책상 안에 넣어두고는 깜빡 잊고 그냥 나왔기 때문이다.

나는 복권 뭉치를 들고 집 안으로 뛰어들어가며 큰 소리로 외쳤다.

"엄마! 엄마! 아빠 왔어요?"

"니콜라! 웬 수선이니? 문화인답게 얌전히 집에 들어올 수는 없는 거니? 아빠는 아직 안 오셨어. 그런데 아빠는 왜 찾는 거지? 너, 또 말썽부렸니?"

엄마가 물었다.

"아니에요. 아빠한테 이것 좀 사라고 하려구요. 동네 아이들 모두가 운동도 하고 신나게 뛰어놀 수 있는 놀이터를 만들려면 아빠가 이걸 사줘야 해요. 놀이터가 생기면 아마 자동차도 갖다 놓을 거예요. 상품은 소형 오토바이래요. 지금 복권 이야기 하는 거예요."

나는 엄마에게 설명했다.

엄마는 깜짝 놀라 휘둥그레진 눈으로 나를 바라보더니 이렇게 말했다.

"엄만 무슨 소린지 전혀 알아들을 수가 없구나. 아빠 돌아오시거든 둘이서 알아서 해결하도록 해라. 우선은 방에 올라가 숙제부터 해."

나는 곧장 이층으로 올라갔다. 난 엄마 말이라면 잘 들으니까 말이다. 또 이럴 땐 시끄럽게 굴지 않아야 엄마가 좋아한다.

드디어 아빠가 오는 소리가 났다. 나는 단숨에 달려내려갔다. 물론 복권 뭉치를 손에 들고 말이다.

"아빠! 아빠! 무조건 이걸 사줘야 해요. 복권이에요. 놀이터에다 자동차를 갖다 놓을 거구요, 운동도 할 수 있을 거예요."

나는 아빠에게 말했다.

"도대체 무슨 얘긴지 저도 모르겠어요. 학교에서 돌아오자마자 저 난리더라구요. 학교에서 무슨 복권을 만든 모양인데, 당신한테 팔려나 봐요, 자세한 건 모르겠지만……."

엄마가 아빠에게 설명했다.

"복권이라고? 그거 재미있구나. 아빠도 학교 다닐 때 몇 번 팔아본 적이 있단다. 누가 많이 파는지 시합도 했는데, 아빤 항상 일등이었단다. 쑥스러워하거나 수줍음을 타지 않는 씩씩한 소년이었거든. 한 번 거절당하더라도 끝까지 매달려 팔고야 말았지…… 그래 좋아, 니콜라. 한 장에 얼마씩이지?"

아빠가 미소를 지으며 내 머리를 쓰다듬어준 후 말했다.

"일 프랑씩이에요. 그런데 오십 장이니까, 계산하면 전부 오십 프랑이죠."

나는 아빠에게 복권 뭉치를 몽땅 내밀었다. 하지만 아빠는 받을 생각은 하지 않고 이렇게 말했다.

"우리 때는 그렇게 비싸지 않는데…… 하긴 뭐, 그럼 한 장만 다오."

"아, 안 돼요, 아빠! 한 장이라뇨? 전부 사줘야 해요. 조프루아가 그러는데 그애 아빠는 자기 복권을 전부 사줄 거래요. 친구들도 모두들 그렇게 하기로 했단 말이에요."

"조프루아 아빠가 어떻게 하든 나랑 무슨 상관이냐! 난 딱 한 장만 사겠다. 싫으면

관둬라. 그러면 그나마 한 장도 못 팔 테니까. 자, 어떻게 하겠니?"

아빠가 말했다.

"그런 법이 어디 있어요? 다른 애들 아빠는 다 몽땅 사준다는데 왜 아빠만 안 사주겠다는 거예요?"

나는 떼를 쓰며 울기 시작했다. 아빠는 엄청 화가 난 것 같았다. 엄마가 부엌에서 뛰어나왔다.

"또 무슨 일이에요?"

"무슨 일이냐고? 무슨 일이냐면, 학교에서 애들에게 왜 이런 일을 시키는 건지 도무지 이해할 수가 없다는 거야! 내 자식을 행상꾼이나 거지로 만들려고 학교에 보낸 건 아닌데 말야. 참! 이게 정말 합법적인 건지 어떤지 모르겠군. 복권 말이야! 교장 선생님에게 전화해볼까 봐!"

"그만 하고 진정하세요."

듣고 있던 엄마가 말했다.

"하지만, 아빠! 아빠도 예전에 복권을 팔면 항상 일등이었다고 했잖아요? 다른 애들도 다 하는데, 왜 나만 못 하게 하는 거예요?"

나는 계속 울면서 말했다.

아빠는 머리를 긁적이다가 의자에 앉더니, 나를 무릎에 앉히고 말했다.

"그래, 니콜라. 그건 사실이야. 하지만 아빠하고 지금의 네 경우하고는 같지가 않아요. 아빠가 어렸을 때 어른들이 아빠에게 복권을 팔아오라고 시킨 건, 어떤 어려움이

닥치더라도 씩씩하게 헤쳐나갈 수 있다는 것을 가르쳐주려고 그랬던 거야. 다시 말해서 힘든 생존경쟁에 대비하게 하는 연습이었다는 거지. 그때 어른들은 복권을 자기 아빠한테 몽땅 팔라는 말은 하지 않았어. 그건 정말 바보 같은 짓이야."

"하지만 뤼퓌스가 모르는 아저씨한테 복권을 사라고 하니까, 거들떠보지도 않고 그냥 가버렸단 말이에요!"

내가 말했다.

"누가 생판 알지도 못하는 사람한테 복권을 팔라고 했니? 옆집에 사는 블레뒤르 아저씨한테 한번 가보지 그러니?"

"전 못 할 것 같아요……."

내가 머뭇거리자 아빠는 빙긋이 웃으며 말했다.

"그럼 아빠랑 같이 가자. 장사란 어떻게 하는 건지 아빠가 보여줄게. 넌 복권 뭉치나

129

챙겨라."

"너무 오래 있지는 말아요. 곧 저녁 식사를 해야 하니까요."

엄마가 말했다.

아빠와 나는 옆집으로 가서 초인종을 눌렀다. 조금 있으니, 블레뒤르 아저씨가 문을 열고 나왔다.

"어! 니콜라 아니냐? 아니 자네까지?……"

아저씨가 말했다.

"아저씨한테 이걸 팔려고 왔어요. 우리한테 놀이터를 만들어주려고 만든 복권이에요. 거기서 운동을 할 거예요. 몽땅 다 해서 오십 프랑이에요."

나는 아저씨에게 복권 뭉치를 내밀며 단숨에 말했다.

"뭐라고? 이게 무슨 소리야!"

블레뒤르 아저씨가 외쳤다.

"왜, 안 사줄 텐가, 블레뒤르? 원래 인색해서 그러는 건가, 아니면 쫄딱 망해서 그러는 건가?"

아빠가 물었다.

"어이구, 이 화상. 요즘은 이렇게 구걸을 하는 게 유행인가 보지?"

블레뒤르 아저씨가 대꾸했다.

"블레뒤르, 바로 자네 같은 사람이 어린애들을 슬프게 하는 거라구!"

아빠가 소리쳤다.

"무슨 소리! 내가 그럴 리가 있나. 나는 다만 무책임한 부모들이 순진한 아이를 나쁜 길로 이끌어가는 데에 동조할 수 없는 것뿐이야. 그런데 그러는 자네는 왜 안 사주는 건가?"

아저씨가 물었다.

"내 아들 교육은 내가 알아서 해. 알지도 못하면서 이러쿵저러쿵하지 말라구. 정말 참을 수가 없군. 물론 자네 같은 구두쇠 소견머리로야……."

"뭐? 내가 구두쇠라고! 자네한테 잔디 깎는 기계를 빌려주는 사람이 누군데 그런 말을 하는 건가?"

"그래? 그럼 안 빌려주면 되잖나! 나 참 더러워서! 그 알량한 잔디 깎는 기계 하나 갖고 치사하게……."

아빠와 아저씨는 서로 밀고 당기며 실랑이를 벌이기 시작했다. 블레뒤르 아줌마가 깜짝 놀라 달려나왔다.

"도대체 뭣들 하시는 거예요?"

아줌마를 보니 울음이 나왔다. 나는 울면서 아줌마에게 복권 이야기와 운동할 수 있는 놀이터 이야기를 했다. 그리고 아무도 내 복권을 안 사준다고, 이렇게 부당한 대접을 받으니 차라리 자살해버릴 거라고 했다.

블레뒤르 아줌마가 날 꼭 안아주며 말했다.

"아이구, 그랬구나, 니콜라. 착하지? 울지 말아라. 아줌마가 다 사주마."

아줌마는 지갑을 가져오더니, 그 속에서 오십 프랑을 꺼내 내 손에 쥐어주었다. 나는 아줌마에게 복권 뭉치를 건네주고 신이 나서 집으로 돌아왔다.

　그리고 며칠이 지난 지금, 아빠와 블레뒤르 아저씨는 어쩔 줄을 모르고 있다. 블레뒤르 아줌마가 경품으로 탄 소형 오토바이를 차고에 넣어놓고 아무에게도 안 빌려주기 때문이다.

배지 사건

오늘 아침 쉬는 시간에 그 생각을 해낸 건 외드였다.

"얘들아, 우리 친한 친구들끼리 뺏찌 달고 다니는 거 어때?"

"'뺏찌'가 아니야. '배지'라고 해야 표준말이야."

옆에 있던 아냥이 말했다. 그 말에 외드는 기분이 상해서 아냥에게 소리쳤다.

"너한테 말한 거 아냐, 이 치사한 고자질쟁이야!"

그러자 아냥은 울면서 자기는 고자질쟁이가 아니며, 그걸 증명해 보이고 말겠다고 말하고는 다른 데로 가버렸다.

133

"그런데 배지는 왜?"

내가 물었다.

"서로 알아볼 수 있도록 하기 위해서지."

외드가 대답했다.

"배지가 있어야만 서로를 알아볼 수 있는 거야?"

클로테르가 깜짝 놀란 얼굴로 물었다.

외드는 배지를 달면 같은 편끼리 금방 알아볼 수 있기 때문에 적과 싸울 때 아주 좋다고 설명했다. 정말 멋진 생각이라며 모두들 외드 말에 찬성했다. 하지만 뤼퓌스는 배지보다는 유니폼을 입는 게 나을 거라고 했다.

"유니폼을 어디서 구해? 그리고 유니폼 같은 걸 입으면 광대같이 보일 거야."

외드가 말했다.

"그럼 우리 아빠가 광대 같단 말이야?"

뤼퓌스가 으르렁거렸다. 뤼퓌스 아빠는 경찰관이다. 그리고 뤼퓌스는 자기 식구들이 놀림받는 걸 싫어한다.

외드와 뤼퓌스 사이에 한바탕 싸움이 벌어질 것 같았다. 하지만 그럴 시간이 없었다. 자기보고 고자질쟁이라고 했다고 울면서 가버린 아냥이 학생주임 부이옹 선생님을 데리고 왔기 때문이다.

"바로 쟤예요, 선생님."

아냥이 외드를 가리키며 말했다.

부이옹 선생님은 외드에게 경고를 주었다.

"너 이 녀석, 친구더러 고자질쟁이라고 놀리면 못쓰는 거야! 다시는 이런 일로 두 번씩 말하게 하지 마. 알아들었니? 자, 내 눈을 잘 보고 대답해봐. 알았어?"

그리고 나서 부이옹 선생님은 아냥을 데리고 다른 데로 갔다. 아냥은 무지 기분 좋은 얼굴이었다.

다시 우리만 남게 되었다. 맥상이 물었다.

"배지는 어떤 모양으로 할 건데?"

"금으로 하자! 아주 멋질 거야. 우리 아빠도 금배지가 하나 있거든."

조프루아가 나서서 말했다.

"금이라고? 너 지금 제정신이냐? 금에다가 어떻게 그림을 그려?"

외드가 큰 소리로 외쳤다.

모두들 외드 말이 맞다고 생각했다. 그래서 그냥 종이로 배지를 만들기로 했다. 그런데 모양을 어떻게 할까 의논하다가 또 말싸움이 났다.

"우리 큰형도 어떤 클럽의 회원인데, 굉장히 멋진 배지를 갖고 있어. 가운데 축구공이 있고, 가장자리에는 월계수가 그려져 있다구."

맥상이 말했다.

"월계수? 그게 좋겠다! 맛있잖아."

알세스트가 말했다.

"무슨 소리야? 악수하는 두 손 그림을 그려넣는 게 더 좋아. 그렇게 하면 우리 편이 굉장히 많다는 걸 보여줄 수 있다구."

뤼퓌스가 말했다.

조프루아도 자기 의견을 내놓았다.

"우리 편 이름을 써넣어야 해. '복수자들'이라고 말야. 또 긴 칼 두 개가 교차해 있는 그림이랑 독수리, 그리고 깃발도 그려넣은 다음에 가장자리에는 우리 편 이름을 모두 써넣는 거야."

"그리고 월계수도."

알세스트가 덧붙였다.

외드는 그릴 것이 너무 많아 복잡하다고 불평했다. 하지만 어쨌든 여러 가지 의견이 나왔으니까, 자기가 수업 시간에 배지를 그려서 다음번 쉬는 시간에 보여주겠다고 했다.

"애들아, 잠깐만. 도대체 배지가 뭔데?"

클로테르가 물었다.

하지만 그때 수업 시작 종이 울려서 우리는 교실로 들어가야 했다. 외드는 지난주 지리 시간에 이미 질문을 받았기 때문에, 안심하고 배지를 그릴 수 있었다. 외드는 공책 위에 머리를 숙인 채 컴퍼스로 동그라미를 그린 후, 여러 가지 색연필로 색칠을 해댔다. 엄청 힘들다는 걸 보여주기 위해 우리를 향해 혀를 내밀고 헉헉거리기도 했다. 우리는 빨리 배지를 보고 싶어 참을 수가 없었다. 이윽고 외드가 공책에서 머리를 들었다. 드디어 배지가 완성된 것 같았다. 외드는 한쪽 눈을 찡긋하더니, 작품을 이리저

136

리 살펴보며 굉장히 만족스러운 표정을 지었다.

쉬는 시간을 알리는 종이 울리자마자 우리는 외드한테로 몰려갔다. 외드가 아주 자랑스러운 표정으로 공책을 내보였다. 꽤 근사했다. 동그란 모양이었는데, 한가운데와 가장자리에 잉크 얼룩 같은 것이 하나씩 찍혀 있었다. 동그라미 안쪽은 파란색과 노란색으로 칠해져 있었고, 가장자리를 따라 'EGMARJNC' 라고 적혀 있었다.

"어때, 멋지지 않아?"

외드가 물었다.

"괜찮은데. 그런데 여기 있는 이 얼룩은 뭐야?"

뤼퓌스가 되물었다.

"얼룩이 아냐, 이 바보야. 악수하고 있는 두 손 그림이라구."

외드가 불만스러운 표정으로 대답했다.

"그럼 이쪽에 있는 건? 이것도 악수하고 있는 손이야?"

내가 물었다.

"사람 손이 네 개 있는 것 봤냐? 그건 진짜 얼룩이야."

외드가 대답했다.

"'EGMARJNC' 라고 쓴 건 무슨 의미야?"

조프루아가 물었다.

"응, 그건 우리들 이름 머릿글자를 모아놓은 거야."

"색깔들은? 왜 파란색, 흰색, 노란색을 칠했어?"

맥상이 물었다.

"응, 사실은 우리나라 국기처럼 파란색, 흰색, 빨간색으로 칠하려고 했는데, 빨간색 색연필이 없어서 노란색으로 한 거야. 나중에 빨간색으로 고칠 거야."

외드가 설명했다.

"금배지처럼 황금색으로 칠했더라면 좋았을 텐데."

조프루아가 말했다.

"둘레에 월계수도 그리고 말야."

알세스트가 덧붙였다.

그러자 외드는 화를 내며 우리들은 친구도 아니라고, 자기 그림이 맘에 안 든다면 자기도 배지 같은 것 만들지 않겠다고 했다. 수업 시간에 배지 그리느라 괜히 고생만 했다는 말도 했다.

우리는 아니라고, 배지는 아주 근사하다고, 정말 그 정도면 충분하다고, 우리는 우리 일당이 서로 알아볼 수 있게 해줄 배지를 갖게 되어서 진짜 신이 난다고 말해주었다. 이 배지를 평생 달고 다니기로 약속도 했다. 어른이 된 다음에도 우리가 '복수자들'이라는 걸 알 수 있도록 하기 위해서 말이다.

그랬더니 외드는 그러면 자기가 방과후에 집에 가서 필요한 숫자만큼 배지를 만들어 올 테니, 우리는 옷에 배지를 달 수 있도록 내일 아침 학교에 올 때 옷핀을 가져오라고 했다. 우리는 다같이 함성을 질렀다.

"야호! 신난다! 만세! 만세!"

외드는 알세스트에게 월계수도 조금 그려넣어보도록 하겠다고 말했다. 알세스트가 먹고 있던 샌드위치에서 햄 조각을 꺼내 외드에게 주었다.

다음날 아침 외드가 학교 운동장에 나타나자 우리는 모두 외드에게 달려갔다.

"배지 가져왔니?"

우리가 물었다.

"물론이지. 정말 힘들더라. 특히 종이를 동그랗게 오려내는 게 가장 어려웠다구."

외드는 이렇게 대답한 후, 한 사람 한 사람에게 배지를 나누어주었다. 외드 말대로 파란색, 흰색, 빨간색으로 칠해져 있었다. 정말 멋졌다. 그런데 악수하고 있는 손 밑에 밤색으로 무언가가 그려져 있었다.

"이건 뭐지? 이 밤색으로 칠한 거 말이야."

조아생이 물었다.

"월계수야. 초록색 색연필이 없어서 대신 밤색으로 칠했어."

외드가 설명했다.

알세스트는 굉장히 기뻐했다. 외드가 자기 말대로 해주어서 말이다. 우리는 각자 가지고 온 옷핀으로 배지를 달았다. 다들 무척 자랑스러운 얼굴이었다.

"그런데 왜 네 배지만 큰 거야?"

외드를 훑어보던 조프루아가 물었다.

"당연하지. 대장 배지는 다른 사람 배지보다 더 큰 거라구."

외드가 대답했다.

"왜 네가 대장인데?"

뤼퓌스가 물었다.

"배지를 생각해낸 게 바로 나니까 내가 대장이지. 불만 있는 녀석 있으면 나와봐. 코에 한 방 먹여줄 테니까."

외드가 말했다.

"흥! 말도 안 돼. 대장은 나야."

조프루아가 소리쳤다.

"맞아. 웃기지 마!"

나도 소리쳤다.

우리가 모두 반대하고 나서자 외드가 외쳤다.

"나쁜 자식들. 그럴 거면 배지 이리 내놔. 내가 만든 거니까!"

"흥, 네 배지라구? 그렇다면 잘 봐, 내가 어떻게 하나."

조아생이 이렇게 말하더니, 갑자기 가슴에 달고 있던 배지를 뜯어내 갈기갈기 찢어 땅바닥에 내던지고 발로 밟은 후 퉤퉤! 침을 뱉었다.

"잘했어!"

맥상이 소리쳤다.

다른 아이들도 모두 조아생이 한 것처럼 배지를 뜯어 땅에 던지고 발로 짓밟은 후, 침을 뱉었다.

어느 틈에 왔는지 부이옹 선생님이 눈을 부라리며 우리를 쳐다보고 있었다.

"그만 하지 못하겠니? 뭘 하고 있는 건지는 모르겠다만 계속 그러면 혼내줄 거야. 알아들었어?"

부이옹 선생님은 이렇게 말하고는 다른 데로 가버렸다. 우리는 외드에게 너 같은 녀석은 친구도 아니라고, 앞으로 죽을 때까지 말도 안 하겠다고 했다. 우리 일당에서 빼버릴 거라는 말도 했다.

외드는 자기는 아무 상관 없으니 너희들 맘대로 하라며, 이렇게 치사한 자식들하고는 같은 편이 되고 싶지 않다고 말했다. 그리고는 찻잔 받침만한 커다란 배지를 가슴에 단 채 가버렸다.

지금은 우리 일당들을 알아보기가 훨씬 쉬워졌다. 파란색, 흰색, 빨간색 바탕에 테두리를 따라 'EGMARJNC'라고 적혀 있고, 가운데에 악수하고 있는 손과 밤색 월계수 그림이 그려져 있는 배지를 달지 않은 애들이 바로 우리 친구들이다.

비밀 협박장

어제 학교에서 역사 시험을 볼 때 아주 끔찍한 사건이 일어났다. 우리 반 일등이고 담임 선생님의 귀염둥이인 아냥이 갑자기 손을 들고 "선생님! 애가 내 걸 베껴요!" 하고 소리를 지른 거다.

"무슨 말이야! 이 거짓말쟁이야!"

조프루아가 얼굴이 새빨개져서 소리를 질렀다.

선생님이 가서 조프루아와 아냥의 시험지를 빼앗고는 조프루아를 노려보았다. 그러자 조프루아는 겁에 질려 울기 시작했고 선생님은 조프루아에게 빵점을 주었다. 시험이 끝난 후 선생님은 조프루아를 교장실로 데리고 갔다.

잠시 후, 담임 선생님만 혼자 교실로 돌아왔다.

선생님이 우리에게 말했다.

"여러분, 조프루아가 오늘 아주 큰 잘못을 저질렀어요. 친구 시험지를 훔쳐보았을 뿐 아니라 들킨 다음에도 잘못을 반성하기는커녕 그런 짓 한 적 없다고 거짓말까지 했어요. 그래서 교장 선생님이 조프루아에게 이틀 동안 근신하라고 말씀하셨어요. 이번 일이 조프루아에게 교훈이 되었으면 좋겠어요. 떳떳지 못한 행동은 결코 좋은 결과를 가져오지 못한다는 교훈 말이에요. 자, 이제 공책을 펴세요. 받아쓰기를 하겠어요."

잠시 후, 쉬는 시간이 되었지만 우리는 기분이 좋지 않았다. 조프루아는 우리하고

친한 친구니까 말이다. 사실, 정학 당하는 건 끔찍한 일일 거다. 엄마 아빠가 난리법석을 떨 거고, 하고 싶은 것도 맘대로 못하게 금지시킬 테니까 말이다.

　"우리, 조프루아의 원수를 갚아주자! 조프루아는 우리 편이니까, 우리가 대신 저 치사한 귀염둥이 아냥 녀석에게 복수를 해줘야 해! 그래야 아냥한테도 교훈이 될 거 아냐? 아냥 녀석도, 치사한 행동은 결코 좋은 결과를 가져오지 못한다는 사실을 똑똑히 깨달아야 한다구."

　뤼퓌스가 흥분해서 말했다.

　모두들 뤼퓌스 말에 찬성했다.

　"그런데 아냥한테 어떻게 복수할 건데?"

　클로테르가 물었다.

　"교문 앞에서 기다리고 있다가 나오면 실컷 때려주자."

　외드가 말했다.

　"그건 안 돼. 걔는 안경을 끼고 있어서 때리면 안 된다구."

　조아생이 반대했다.

　"그럼 아냥하고는 말 안 하기로 하는 건 어떨까?"

맥상이 말했다.

"쳇! 우리가 언제는 그 녀석하고 말한 적 있냐? 아냥은 우리가 말을 안 하기로 했다는 것도 눈치 못 챌 거라구."

알세스트가 콧방귀를 뀌었다.

"그럼 이제부턴 너랑 말 안 할 거라고 미리 예고하면 되잖아."

클로테르가 말했다.

"공부를 무지 열심히 해서 다음 시험에서 아냥 대신 우리가 모두 일등을 해버리는 건 어때?"

내가 말했다.

"너 지금 머리가 좀 이상해진 거 아니냐?"

클로테르가 손가락을 머리에 대고 빙빙 돌리면서 말했다.

"아, 좋은 생각이 떠올랐다! 전에 내가 잡지책에서 복면 쓴 산적이 주인공으로 나오는 이야기를 읽은 적이 있거든. 주인공이 부자들한테 돈을 훔쳐서 가난한 사람들에게 나눠주는 이야기야. 그런데 어떤 부자가 그걸 알아채고 가난한 사람들한테서 그 돈을 도로 빼앗으려고 하는 거야. 그러니까, 주인공이 그 부자에게 협박장을 보내더라. '정의의 기사 푸른 가면을 깔보고도 무사할 줄 아느냐!' 라고 써서 말야. 그랬더니 나쁜 놈들이 벌벌 떨면서 꼼짝도 못 하더라구."

뤼퓌스가 말했다.

"무사하다는 게 무슨 뜻이야?"

클로테르가 물었다.

하지만 아이들은 들은 척도 안 했다.

"아냥한테 협박장을 보낸다 해도 글씨를 보고 우리 짓이라는 걸 금방 알아차릴 거야. 우리 모두가 복면을 쓴다고 해도 말야. 잘못하면 벌이나 받게 될 거라구."

내가 말했다.

"다 방법이 있지. 이건 어떤 영화에서 본 건데, 글씨체를 알아보지 못하게 신문에서 오려낸 글자를 종이에 붙여서 협박장을 만들더라구. 영화가 끝날 때까지 아무도 누가 한 짓인지 눈치 못 채던데."

뤼퓌스가 말했다.

정말 기발한 생각이어서 모두들 좋아했다. 그렇게 하면 아냥은 우리의 복수가 두려워 학교를 그만둘지도 모른다. 하긴 그러는 게 아냥을 위해서도 좋을 거다.

"그런데 협박장엔 뭐라고 쓰지?"

알세스트가 물었다.

"'복수자 일당을 깔보고도 무사할 줄 아느냐!' 라고 쓰지 뭐."

"멋지다! 만세!"

그 말이 마음에 쏙 들어서 우리는 환호성을 질렀다. 클로테르는 '무사하다' 라는 말이 무슨 뜻이냐고 또 물었다.

뤼퓌스가 내일까지 협박장을 만들어오기로 했다.

오늘 아침, 우리 일당은 학교에 오자마자 뤼퓌스에게로 몰려가서 협박장을 만들어

왔냐고 물었다.

"그럼, 당연히 가져왔지. 협박장 때문에 우리집에선 난리가 났었다구. 아직 보지도 않은 신문을 조각조각 오려냈다고 아빠한테 따귀도 맞고 디저트도 몰수당했어. 아주 맛있어 보이는 크림 과자였는데……."

뤼퓌스가 투덜거리며 협박장을 내놓았다. 여러 가지 모양의 글자를 잔뜩 모아 만든 거였다. 정말 근사했다. 모두들 참 잘 만들었다고 좋아했다. 조아생만 빼고 말이다. 조아생은 시큰둥한 표정으로, 자기가 보기에는 별로 멋지지도 않고 무슨 말인지 알아볼 수도 없다고 말했다.

"크림 과자도 못 먹고 열나게 만들었더니, 뭐? 하나도 멋지지 않다고? 그럼 네가 한 번 만들어봐! 이 얼간아!"

뤼퓌스가 소리쳤다.

"뭐라고? 나보고 얼간이라고? 얼간이는 바로 너야!"

조아생도 소리를 질렀다.

조아생과 뤼퓌스는 치고받으며 싸우기 시작했다. 부이옹 선생님(우리 학교 학생주임 선생님인데, 부이옹이 진짜 이름은 아니다.)이 달려왔다. 선생님은 학생들의 야만인 같은 행동을 보는 것도 이제 신물이 난다면서 둘 다 자유학습일인 목요일 날 학교에 나오라고 소리쳤다.

하지만 다행히도 협박장은 압수당하지 않았다. 뤼퓌스가 조아생과 한판 붙기 직전에 클로테르한테 맡겨두었던 거다.

148

수업이 시작되었을 때 나는 클로테르가 협박장을 빨리 건네주기만을 기다렸다. 내 자리가 아냥과 가장 가까워서 내가 아냥에게 협박장을 주기로 했기 때문이다. 아냥이 못 알아차리게 하면서 아냥 의자 위에 협박장을 살짝 올려놓기로 했다. 그렇게 하면 아냥이 몸을 돌렸을 때 협박장을 발견할 테고, 우리는 그애가 깜짝 놀라는 걸 재미있어하며 바라볼 수 있을 테니까 말이다.

하지만 클로테르는 협박장을 건네줄 생각은 하지 않고 자기 책상 밑에 놓고 훔쳐보면서 옆에 앉은 맥상에게 자꾸 뭐라고 물어보고 있었다.

"클로테르! 선생님이 방금 뭐라고 했지?"

갑자기 선생님이 큰 소리로 물었다.

클로테르는 주춤주춤 일어났다. 대답도 변명할 생각도 못 하고 우물쭈물하기만 했다.

선생님이 다시 말했다.

"그럴 줄 알았어. 그럼 옆사람은 좀 나은지 어디 봅시다. 자, 맥상, 선생님이 방금 말한 것을 반복할 수 있겠지요?"

맥상은 자리에서 일어나더니, 으앙! 하고 울어버렸다.

선생님이 클로테르와 맥상에게 말했다.

"두 사람 모두 벌을 주겠어요. 잘 들어요. '나는 공부 시간에 쓸데없는 일에 정신을 팔지 않겠으며, 선생님 말씀을 잘 듣겠습니다. 나는 학교에 장난치거나 놀러 오는 게 아니라 공부를 하기 위해 오는 겁니다.' 여기 사용된 동사를 직설법과 접속법*의 모든

150

시제에 따라 변화시켜오세요."

선생님이 맥상과 클로테를 야단치는 동안, 내 뒤에 앉은 외드가 클로테르 자리에서 가져온 협박장을 재빨리 알세스트에게 건넸다. 이어 알세스트가 나에게 그걸 전달하는 순간, 선생님이 나를 보고 소리쳤다.

"오늘 정말 왜들 이러지요? 외드, 알세스트, 니콜라! 그 쪽지 가지고 이리 나와요! 자, 어서! 숨기려 해도 소용없어요, 선생님이 다 봤으니까! 어서! 가지고 나올 때까지 기다리겠어요!"

알세스트는 얼굴이 새빨개졌고 나는 울음을 터뜨렸다. 외드는 자기 잘못이 아니라고 변명했다. 우리가 나가지 않자, 선생님은 직접 우리 자리까지 와서 쪽지를 내놓으라고 했다.

협박장을 빼앗아 읽고 난 선생님은 눈이 동그래져서 우리를 쳐다보았다.

"'복수자 일당을 깔보고도 무사할 줄 아느냐?' 대체 이게 무슨 허무맹랑한 이야기죠? 하긴, 별로 알고 싶지도 않아요! 수업 시간엔 이런 바보 같은 장난이나 치면서 정신을 파는 게 아니라 공부를 해야 되는 거예요. 세 명 모두 이번 주 자유학습일에 학교에 나오도록 하세요!"

쉬는 시간에 보니 아냥은 히죽히죽 웃고 있었다. 그 치사한 귀염둥이 녀석은 지금 잘못 생각하고 있는 거다.

---

* 불어의 동사는 인칭, 시제, 법에 따라 각각 다른 어미 변화를 하며 '법'에는 직설법, 조건법, 명령법, 접속법이 있다. (옮긴이)

클로테르가 말한 것처럼, 무사하다는 말이 무슨 뜻이든간에 겁도 없이 복수자 일당을 깔보는 녀석은 가만두지 않을 테니까 말이다.

복수자 일당을
깔보고도
무사할 줄 아느냐!

조나스 형

힘이 무지 세서 걸핏하면 친구들 코를 쥐어박는 외드에게는 군대에 간 조나스라는 형이 있다. 외드는 자기 형이 엄청 자랑스러운지 기회만 있으면 형 자랑을 한다.

하루는 외드가 우리를 불러모아놓고 말했다.

"우리 형이 군복 입고 찍은 사진을 보내왔어. 얼마나 멋진 줄 알아? 내일 가져와서 보여줄게."

다음날 외드가 사진을 가져왔다. 사진 속엔 군복을 입고 베레모를 쓴 조나스 형이 기분 좋게 활짝 웃으며 서 있었다. 정말 근사했다.

153

"그런데 계급장이 없네?"

맥상이 물었다.

"응, 아직 신병이라서 그래."

외드가 대답했다.

"하지만 금방 장교가 될 거야. 졸병들도 많이 생길 거고. 우리 형은 소총도 갖고 있다."

"권총은?"

조아생이 물었다.

"있을 리가 없지. 권총은 장교들이나 가질 수 있는 거야. 사병은 소총밖에 가질 수 없다구."

뤼퓌스가 말했다.

그 말에 외드는 기분이 상한 것 같았다.

"네가 뭘 알아? 우리 형도 권총 있어. 곧 장교가 될 거니까."

하지만 뤼퓌스는 어림없다는 듯이 대꾸했다.

"웃기지 마. 뭐, 우리 아빠야 진짜 권총을 갖고 있지만 말이야."

"너희 아빠? 너희 아빠는 장교가 아니잖아. 그냥 경찰일 뿐이지. 경찰은 권총 차봤자 별로 폼도 안 나는데 뭐."

외드가 소리쳤다.

"모르는 소리 마! 경찰은 장교하고 똑같은 거야. 우리 아빠 장교들이 쓰는 모자도 갖고 있다구. 너희 형도 그런 모자 있어?"

뤼퓌스도 소리를 질렀다.

결국 싸움이 붙어 외드와 뤼퓌스는 치고받으며 싸우기 시작했다.

한번은 외드가 조나스 형이 연대 훈련에 참가했을 때 많은 적군을 죽이고 큰 공을 세워 사령관한테 표창을 받았다고 자랑한 적이 있었다.

"훈련할 때는 적군을 죽이지 않아."

조프루아가 말했다.

"그래. 죽이는 척만 하는 거야. 하지만 그것도 엄청 위험하다구."

외드가 대답했다.

"무슨 소리야. 가짜로 흉내만 내는 게 뭐가 대단해. 그거야 식은 죽 먹기지 뭐!"

조프루아가 말했다.

"너 한 대 맞고 싶어? 가짜로 때리는 척 흉내내는 게 아니라구!"

외드가 소리쳤다.

"그래. 어디 때려봐!"

조프루아가 외드를 약올리며 말했다.

외드가 조프루아의 콧등을 멋지게 한 방 먹였고, 둘은 치고받으며 싸우기 시작했다.

지난주에 외드는 또 형 자랑을 했다. 얼마 전에 조나스 형이 처음으로 보초를 서게 되었는데, 그건 연대에서 제일 훌륭한 병사로 뽑혔기 때문이라면서 말이다.

"연대에서 제일 훌륭한 병사만 보초를 서는 거야?"

내가 물었다.

"그렇지 뭐. 달리 무슨 이유가 있겠냐? 설마 연대 보초를 바보 천치나 적군과 내통하는 배반자한테 시킨다고 생각하는 건 아니겠지?"

"적군이 어디 있는데?"

맥상이 물었다.

"외드 얘긴 다 뻥이야. 군인은 누구나 다 보초를 서는 거라구. 교대로 말이야. 바보라고 해도 빼주진 않는다구."

뤼퓌스가 이렇게 말했다.

"나도 그럴 거라고 생각했어."

나도 맞장구를 쳤다.

"보초 서는 게 별로 위험한 일도 아니잖아. 누구나 다 할 수 있는 거라구."

조프루아도 끼어들었다.

"그럼 네가 한번 해봐! 아무도 없는 데서 혼자서 밤새도록 연대를 한번 지켜보라구."

외드가 소리쳤다.

"그것보다는 물에 빠진 사람을 구하는 일이 훨씬 더 위험해. 작년 여름방학 때 내가 해봐서 알아."

뤼퓌스가 말했다.

"네가 물에 빠진 사람을 구했다구? 웃기지 좀 마. 그걸 누가 믿냐! 모두 바보 같은 녀석들뿐이군. 너희들 그거 알아?"

외드가 말했다.

그 말에 우리는 한꺼번에 외드에게 달려들어 싸웠다. 투닥투닥 치고받다가 나는 코를 한 방 얻어맞았다. 그때 부이옹 선생님이 달려왔고, 우리는 단체기합을 받게 되었다.

이젠 외드가 자기 형 이야기를 꺼내면 짜증부터 난다.

그런데 오늘 아침, 외드가 아주 흥분한 얼굴로 학교에 왔다.

"애들아! 애들아! 굉장한 소식이 있어! 오늘 아침 조나스 형한테서 편지가 왔는데, 형이 휴가를 나온대. 바로 오늘 말이야! 지금쯤 벌써 집에 도착했을 거야. 나도 집에서 기다리고 싶었는데, 아빠가 학교는 꼭 가야 된다고 해서 할 수 없이 온 거야. 대신 점

심때 형보고 날 보러 학교로 가라고 하겠대! 그리고 더 멋진 소식이 있어. 한번 알아맞혀봐!"

아무도 대답이 없자 외드가 큰 소리로 자랑스럽게 말했다.

"조나스 형이 드디어 계급장을 달았대! 이등병이 됐단 말이야!"

"이등병이면 뭐 계급도 아니잖아."

뤼퓌스가 말했다.

"계급이 아니라구? 아무것도 모르면서 무슨 소리야. 이등병도 분명히 계급이야. 군복에다 계급장을 붙였다구. 편지에도 그렇게 씌어 있어!"

외드가 웃으며 말했다.

"그런데 이등병은 무슨 일을 하는 건데?"

내가 물었다.

"어…… 장교하고 똑같은 일을 하지. 졸병들을 거느리고 지휘를 하는 거야. 전쟁이 나면 졸병들을 데리고 전쟁터로 가고. 졸병들은 이등병이 지나갈 때 경례를 해. 정말이야! 우리 조나스 형이 지나가면 병사들이 일제히 경례를 해야 한다구. 이렇게 말이야."

외드가 이렇게 말하고는, 손을 머리 옆으로 갖다 대고 경례하는 시늉을 했다.

"우와, 멋지다!"

클로테르가 외쳤다.

우리들은 외드가 조금 부러워졌다. 번쩍번쩍하는 계급장이 달린 멋진 군복을 입고 사병들의 경례를 받는 형이 있으니 말이다. 그렇지만 우리도 조금 있으면 외드의 형을 볼 수 있다니, 그것만으로도 즐거웠다. 사실 난 외드의 형을 몇 번 만난 적이 있긴 하지만 그건 형이 군인이 되기 전, 그러니까 아무에게도 경례를 받지 못할 때였다. 하긴 그때도 형은 힘이 아주 셌고 굉장히 친절했다.

"조나스 형이 너희들한테 직접 군대 얘기를 해줄 거야. 물어볼 거 있으면 그때 물어봐도 좋아."

외드가 말했다.

우리는 무척 흥분이 되어 교실로 들어갔다. 제일 안절부절못한 건 역시 외드였다. 자리에 앉아서도 가만히 있질 못하고 친구들하고 이야기를 하느라 계속 두리번거렸다.

"외드! 오늘 아침은 대체 왜 그러는 거예요? 아까부터 계속 선생님 눈에 거슬려요. 계속 그러면 방과후에도 집에 안 보내줄 거예요."

선생님이 소리쳤다.

"아! 안 돼요, 선생님! 안 돼요!"

우리는 일제히 소리를 질렀다.

선생님은 깜짝 놀라서 우리를 물끄러미 바라보았다.

"우리 형이 계급장을 붙이고 교문 앞으로 절 마중 나온다고 했거든요."

외드가 설명했다.

선생님은 갑자기 허리를 숙이고 서랍 속에서 뭘 찾는 척했다. 선생님은 가끔 웃음을 참지 못할 때 그런 행동을 한다.

잠시 후, 선생님이 다시 몸을 일으키고 말했다.

"좋아요. 하지만 이젠 좀 조용히 하세요. 그리고 외드, 군인인 형처럼 의젓해지고 싶으면 우선 착한 학생부터 되어야 해요!"

오늘따라 수업 시간이 엄청 길게 느껴졌다. 마침내 수업이 모두 끝나는 종이 울리자, 미리 책가방을 다 싸놓은 우리는 부리나케 밖으로 뛰어나갔다.

조나스 형은 교문 밖 보도에서 우리를 기다리고 있었다. 그런데 군복이 아니라 노란 스웨터에 파란색 줄무늬 바지를 입고 있었다. 좀 실망이었다.

조나스 형이 외드를 보고는 반갑게 외쳤다.

"야. 우리 고집쟁이! 잘 있었니? 그새 많이 컸구나!"

그리고는 외드의 양볼에 뽀뽀를 하고 머리를 쓰다듬은 후, 주먹으로 머리를 쥐어박는 시늉을 했다. 참 멋있었다. 나한테도 그런 형이 있으면 정말 좋겠다!

"형, 그런데 왜 군복 안 입고 왔어?"

외드가 물었다.

"누가 휴가 나와서까지 군복을 입니? 농담 마."

조나스 형이 대답했다.

이윽고 조나스 형이 우리 쪽을 돌아보았다.

"아, 외드 친구들이로구나! 너는 니콜라고…… 이 뚱뚱하고 작은 애는 알세스트…… 그리고 저애는…… 저애는……."

160

"맥상이에요!"

맥상이 신이 나서 대답했다. 맥상은 조나스 형이 자기를 알아봐줘서 무척 자랑스러운 것 같았다.

그때 뤼퓌스가 말했다.

"저…… 진짜로 군복에 계급장이 달려 있어요? 또, 전쟁터에서 병사들도 지휘하고요?"

"전쟁터? 아냐. 난 식당에 배치됐어. 야채 껍질 벗기기 담당이야. 말하자면 취사병이지. 항상 재미있는 건 아니지만, 그래도 맘껏 먹을 수 있어서 좋아. 나눠주고 나서 남는 것들이 있거든."

조나스 형이 웃으며 말했다.

외드는 얼굴이 새하얘져서 조나스 형을 쏘아보더니, 갑자기 도망을 가버렸다.

"외드! 외드! 도대체 쟤가 왜 저러지? 외드! 기다려! 기다리라니까!……"

조나스 형도 소리를 치며 외드를 뒤쫓아갔다.

우리도 집으로 갈 수밖에 없었다. 집으로 가면서 알세스트가 말했다.

"외드가 왜 그렇게 뽐내고 싶어했는지 이제야 알겠어. 형이 군대에서 그렇게 멋진 일을 하고 있으니까 말이야."

분필

"아, 이런! 분필이 다 떨어졌네! 누가 가서 가져와야겠다."

담임 선생님이 말했다. 우리는 모두 손을 번쩍 들고 소리쳤다.

"저요! 저요! 선생님!"

클로테르만 가만히 있었다. 클로테르는 선생님 말을 못 알아들은 것 같았다. 평소라면 선생님 심부름은 당연히 우리 반 일등이고 선생님의 귀염둥이인 아냥이 했겠지만 오늘은 달랐다. 아냥이 감기에 걸려 결석했기 때문이다. 그래서 모두가 "저요! 저요! 선생님!" 하고 소리친 거다.

"좀 조용히 해요! 어디 보자…… 그래. 조프루아가 다녀오도록 해라. 하지만 빨리 갔다와야 해, 괜히 복도에서 얼쩡거리지 말고. 알았지?"

선생님이 말했다. 조프루아는 신이 나서 교실을 나가더니, 얼마 후 손에 분필을 들고 싱글벙글 웃으며 돌아왔다.

"고마워요, 조프루아. 이제 자리에 가서 앉도록 해요."

선생님이 말했다.

"자, 그럼…… 클로테르, 칠판 앞으로 나와요. 클로테르! 선생님 말이 안 들려요?"

수업이 모두 끝나자 우리는 밖으로 달려나갔다. 클로테르만 빼고 말이다. 클로테르는 선생님한테 질문받는 날이면 언제나 방과후에 남아야 한다.

계단을 내려가면서 조프루아가 말했다.

"너희들, 교문 밖에 나가면 날 따라와봐. 내가 굉장한 걸 보여줄 테니까."

우리는 우르르 떼를 지어 학교 밖으로 나갔다. 우리에게 보여준다는 게 도대체 뭐냐고 조프루아에게 물었다. 조프루아는 이쪽 저쪽을 두리번거리더니 말했다.

"여기선 안 돼. 이쪽으로 와봐!"

조프루아는 친구들을 조바심나게 만드는 걸 참 좋아한다. 하지만 그럴 때면 좀 짜증이 난다. 아무튼 우리는 조프루아 뒤를 졸졸 따라갔다. 조프루아는 길모퉁이를 돌아 큰 길을 건너고, 한참을 더 가다가 다시 큰 길을 건넌 다음에야 멈춰 섰다. 우리는 조프루아 주위로 빙 둘러섰다. 조프루아는 주위를 한번 더 둘러본 후, 호주머니에서 무언가를 꺼냈다.

"자, 이것 봐!"

조프루아가 펼쳐 보인 손바닥 위에는(뭐가 있었을까? 여러분은 절대 못 알아맞힐 거다.) 바로 분필이 한 개 놓여 있었다.

"부이옹 선생님이 분필 다섯 개를 줬거든. 그런데 선생님한텐 네 개만 갖다드렸어."

조프루아가 잘난 척하며 말했다.

"뭐라구? 너 정말 뻔뻔하구나!"

뤼퓌스가 말했다.

"그래, 뤼퓌스 말이 맞아!"

우리 재미있게 놀자!

조아생도 뤼퓌스 편을 들었다.

"부이옹 선생님이나 담임 선생님이 알면 넌 당장 퇴학이야. 틀림없다구."

그건 그렇다. 학교 물건을 가지고 장난치면 반드시 큰일이 난다. 지난주에도 선배 형 하나가 교무실에서 지도를 가지고 오다가 그걸로 다른 형 머리를 내리치는 바람에 지도가 찢어진 일이 있었는데, 두 사람 다 정학을 맞았다.

"겁쟁이하고 비겁자는 다 가버려! 그렇지 않은 사람들만 분필 갖고 놀 거니까."

조프루아가 말했다.

결국 모두 남았다. 그러면 겁쟁이나 비겁자 소리를 안 들어도 되고, 또 분필로 여러 가지 장난을 치며 재미있게 놀 수도 있기 때문이다. 언젠가 메메가 칠판과 분필 한 통을 보내준 적이 있었다. 물론 학교 것보단 작은 칠판이었지만 말이다. 하지만 엄마는 내가 칠판에만 쓰지 않고 사방에 낙서를 해놓는다면서 분필 상자를 빼앗아갔다. 그 상자에는 빨간색, 노란색, 파란색 분필이 다 들어 있었기 때문에 무척 아쉬웠다. 나는 조프루아가 가져온 분필을 보자 그때 일이 생각나서, 색분필이라면 더 좋았을 거라고 말해줬다.

"뭐라구! 내가 이 분필을 어떻게 구했는데 그런 말을 하는 거야? 그래, 니콜라 선생께서는 내 분필 색깔이 맘에 안 드신다고? 그런 심통이나 부릴 거면 네가 부이옹 선생님한테 가서 달라고 해봐! 어서 가. 뭘 우물쭈물하는 거야? 가라니까! 너 같은 녀석은 입만 살았지 분필 하나 슬쩍해오라고 하면 절대 못 할걸? 겁쟁이니까."

"그래, 맞아!"

뤼퓌스가 말했다.

"너 지금 한 말 당장 취소해!"

나는 책가방을 내던지고 뤼퓌스의 멱살을 잡으며 소리쳤다.

하지만 뤼퓌스는 절대로 취소하지 않겠다고 했다. 결국 우리는 치고받으며 싸우기 시작했다. 그때 건물 위에서 누군가가 커다랗게 고함치는 소리가 들렸다.

"당장 그만두지 못해, 이 못된 녀석들아! 딴 데 가서 놀아! 안 그러면 경찰을 부를 거야!"

우리는 모두 도망을 쳤다. 길모퉁이를 돌아 큰 길을 건너고 또다시 큰 길을 건너 한

참을 뛰고 나서 걸음을 멈췄다.

"언제까지 싸움만 할 거야? 분필 가지고 놀 시간도 없겠어!"

조프루아가 말했다.

"저런 녀석과 같이 노느니 난 차라리 집으로 가겠어. 분필 같은 거 하나도 재미 없다구."

뤼퓌스가 나를 보며 투덜거리더니 가버렸다. 난 뤼퓌스하고는 평생 말도 안 할 거다.

"그런데 이 분필로 뭘 하면 좋을까?"

외드가 물었다.

"벽에 낙서하면 어때? 재미있을 거야."

조아생이 말했다.

"그래 맞아. '복수자 일당' 이라고 쓰자. 그러면 우리가 이곳을 지나갔다는 걸 적들이 알게 될 테니까."

맥상이 맞장구쳤다.

"흥! 엄청 좋은 생각이다! 그랬다가 학교에서 퇴학이나 맞으라구?"

조프루아가 말했다.

"너 겁쟁이구나!"

맥상이 말했다.

"겁쟁이라구? 아슬아슬한 대모험을 한 내가 겁쟁이라구? 웃기지 마, 이 자식아!"

조프루아가 말했다.

"겁쟁이가 아니라면 벽에다 낙서를 해봐."

맥상이 비웃으며 말했다.

"그러다 몽땅 퇴학당하면 어떡해?"

외드가 말했다.

그러자 조아생이 갑자기 뒤로 물러서며 말했다.

"음…… 저기, 애들아, 난 그만 가봐야겠어. 집에 너무 늦게 들어가면 혼난다구."

그러더니 조아생은 황급히 뛰어 집으로 가버렸다. 정말 이상했다. 지금까지 조아생이 그렇게 서둘러 집에 간 적은 한 번도 없었기 때문이다.

"광고 포스터에 낙서하는 것도 재미있어. 안경이랑 턱수염이랑 콧수염, 담배 파이프 같은 걸 잔뜩 그려넣는 거야."

모두들 정말 좋은 생각이라고 했다. 문제는 근처 길가에 광고 포스터가 한 장도 붙어 있지 않다는 거였다. 우리는 포스터를 찾아 헤매기 시작했다. 하지만 언제나 그렇듯이, 평소에는 흔한 광고 포스터가 막상 찾으려고 하니 하나도 안 보였다.

"가만, 우리 동네 어디선가 포스터를 본 기억이 나는데…… 그거 있잖아 왜, 어떤 애가 초콜릿 크림 케이크 먹고 있는 그림 말이야."

"응, 그거 나도 알아. 우리 엄마가 그걸 신문에서 오려낸 적이 있거든."

알세스트가 말했다.

그러더니 알세스트는 엄마가 간식을 준비해놓고 기다리고 있을 거라며 급히 가버렸다.

그러는 사이에 시간이 많이 지났기 때문에, 우리는 포스터는 그만두고 다른 놀이를 하기로 했다.

맥상이 말했다.

"애들아, 너희 그거 알지. 사방치기 말야. 분필로 길에 줄을 긋고……."

"너 머리가 어떻게 된 거 아니냐? 사방치기는 여자애들이나 하는 거잖아."

외드가 말했다.

"아니야. 사방치기는 여자애들 놀이가 아니라구."

하지만 외드는 짓궂은 표정을 하고는 가냘픈 목소리로 노래를 부르기 시작했다.

"맥상 아가씨는 사방치기를 하고 싶대요. 맥상 아가씨는 사방치기를 하고 싶대요."

"우리 공터에 가서 결판을 내자. 자, 가자니까. 사나이답게 따라오라구."

맥상이 말했다.

하지만 공터로 싸우러 가던 외드와 맥상은 큰 길 모퉁이에서 헤어졌다. 분필을 가지고 재미있게 놀 궁리를 하느라 시간 가는 줄 모르다가 그제서야 비로소 너무 늦었다는 걸 알아차렸기 때문이다. 남은 사람은 나하고 조프루아뿐이었다. 조프루아는 분필을 담배를 쥐는 것처럼 손가락 사이에 끼우더니 윗입술과 코 사이에 갖다 댔다.

"나도 반만 줘."

내가 말했다. 하지만 조프루아는 고개를 살래살래 흔들었다. 그래서 나는 분필을 빼앗으려고 달려들었다. 그 바람에 분필이 땅에 떨어져 두 동강이 나버렸다. 조프루아는 무척 화를 냈다.

"그래, 잘했어. 그럼 내가 네 분필을 어떻게 하나 잘 보라구!"

조프루아는 이렇게 말하고는 발 뒤꿈치로 분필 조각 하나를 짓밟았다.

"좋아! 그럼 네 것도 어떻게 되는지 잘 봐!"

나도 발 뒤꿈치로 조프루아의 남은 분필 조각을 짓밟아버렸다. 분필 조각은 뿌드득 소리를 내면서 가루가 되었다.

그러느라고 분필이 모두 없어져버려서 조프루아와 나도 각자 집으로 돌아가는 수밖에 없었다.

좀 재미있게
놀려고만 하면!

윤경

1963년 서울에서 태어나 서울대 불어불문학과와 서강대 대학원 불어불문학과를 졸업하고 파리 10대학 불어불문학과 박사과정을 수료하였다. 서강대에서 불문학을 가르치고 프랑스 주재 한국 대사관에서 군수무관부 통역을 맡았다.

니콜라 시리즈 5권

꼬마 니콜라의 골칫거리

1판 1쇄 1999년 12월 5일 | 1판 29쇄 2022년 3월 7일

지은이 장 자크 상페·르네 고시니 | 옮긴이 윤경

편집 최정수 | 마케팅 정민호 이숙재 박보람 한민아 김혜연 이가을 안남영 김수현 정경주 이소정

브랜딩 함유지 함근아 김희숙 정승민 | 제작 강신은 김동욱 임현식 | 제작처 한영문화사

펴낸곳 (주)문학동네 | 펴낸이 김소영 | 출판등록 1993년 10월 22일 제2003-000045호

주소 10881 경기도 파주시 회동길 210

전자우편 kids@munhak.com | 홈페이지 www.munhak.com | 카페 cafe.naver.com/mhdn

북클럽 bookclubmunhak.com | 인스타그램 @kidsmunhak | 트위터 @kidsmunhak

대표전화 (031)955-8888 | 팩스 (031)955-8855 | 문의전화 (031)955-8895(마케팅) (02)3144-3238(편집)

잘못된 책은 구입하신 서점에서 교환해 드립니다. 기타 교환 문의: (031)955-2661, 3580

ISBN 89-8281-244-X 04860 | 89-8281-239-3(세트)